跟着诗词游中国

正是江南好风景

琬如 ◎ 编著

石油工业出版社

图书在版编目(CIP)数据

正是江南好风景 / 琬如编著. —北京：石油工业出版社，2022.3

（跟着诗词游中国）

ISBN 978-7-5183-4910-4

Ⅰ. ①正… Ⅱ. ①琬… Ⅲ. ①古典诗歌-诗歌欣赏-中国②旅游指南-中国 Ⅳ. ① I207.2 ② K928.9

中国版本图书馆 CIP 数据核字（2021）第 202896 号

 **跟着诗词游中国**
 正 是 江 南 好 风 景

琬如 编著

出版策划：王　昕　黄晓林
责任编辑：王　磊
责任校对：张　磊
出版发行：石油工业出版社
（北京安定门外安华里2区1号楼　100011）
网　　　址：www.petropub.com
编辑部：（010）64523616　64252031
图书营销中心：（010）64523731　64523633
经　　销：全国新华书店
印　　刷：艺堂印刷（天津）有限公司
2022年3月第1版　2022年3月第1次印刷
710×1000毫米　开本：1/16　印张：9
字　　数：130 千字
定　　价：32.00元

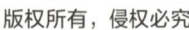
版权所有，侵权必究
本书若有质量问题，请与本社图书销售中心联系调换

前言

春来秋往，岁月如驰。古今多少文人墨客的足迹遍布山川湖海，并将胸中快意写进平仄之间。一首诗，一座城，古人们在韵律里且吟且叹，我们在字里行间阅读诗情画意的中国。

诗是情感的流露。读诗的乐趣就在于跟随诗人的指引，欣赏我们未曾踏足的风景，感知我们原本未能感知的趣味。中国是诗词的国度，骨子里的含蓄内敛滋养了中国人灵魂深处的诗意。中国也是一个拥有奇山秀水的国度，辽阔的疆域使得多样的地貌与景观在此汇集，并成为诗人描摹的对象。满城秋风的洛阳，烟花三月的扬州，小雨如酥的西安……这片土地上的每一处风景，皆因"诗情"而浸染了独有的中国式浪漫。

当时空流转，人们再次邂逅诗中的一景一物，会发觉草木有情、山海有意。当你站在秦淮河畔，极目寒烟衰草，不由生出"六朝旧事随流水"的感叹；当你身处开封城外，只见晓风残月，于是惦念起"执手相看泪眼"的柔情；当你登临玉门关，遥望黄沙漫漫，顿时升起"不破楼兰终不还"的信念。

诗人不动声色地将悲欢离合付诸湖光山色，读诗的人也在吟诵中传递个中情趣。这正是诗词文化"由表及里"的奥义所在，也是传统文学的精妙之处，更是美丽中国的鲜明底色。

基于这样的理念，我们编写了这套《跟着诗词游中国》，这套书以地理区位为划分依据，以诗词为线索，悉数展现了华北、东北、西北、江南、西南等地区的特色景观及人文风物。在诗山词海中，你一定能领略北方的苍茫辽阔，塞北的大漠黄沙，江南的烟柳画桥，西南的山川水带。

远方再远，路都在脚下。捧一泓长江水，拾一粒泰山石。此刻与《跟着诗词游中国》一起，诗意地行走在美丽中国的大地上吧。

江苏省

南京　梧桐绿荫里的城市 / 6
苏州　画桥烟波动绮罗 / 12
扬州　精雕细琢的眉眼 / 20
太湖　尘世情怀 / 23

浙江省

杭州　随风飘送的相思梦 / 26
绍兴　乌篷摇落的远方 / 32
乌镇　枕水人家 / 37
南浔　桃花流水，岁月静好 / 42
钱塘江　半江烂漫一江潮 / 46
专题：诗词里的江南 / 52

上海市

上海　流光溢彩 / 56

福建省

武夷山　刚柔相济 / 62
鼓浪屿　心灵栖息地 / 65

江西省

庐山　云锁高峰水自流 / 68
滕王阁　西江第一楼 / 74

安徽省

黄山　立于云天之间 / 78
九华山　莲花佛国 / 86

西递与宏村 桃花源里人家 / 88

广东省
广州 扶摇直上的繁华 / 92

海南省
三亚 人间天堂 / 96

湖南省
洞庭湖 云转画屏漪青螺 / 100
岳阳楼 天下第一楼 / 106
大湘西 秀美如卷 / 110

湖北省
黄鹤楼 白云千载空悠悠 / 116
武当山 胜境仙山 / 120
东坡赤壁 江山如画,一时多少豪杰 / 123
专题:别具风味的湖北小吃 / 128

中国香港特别行政区
香港 东方之珠 / 132

中国澳门特别行政区
澳门 清幽阡陌 / 136

台湾省
台北 有梦的都市 / 140

江苏省

- 简称：苏
- 省会：南京
- 区域：华东地区
- 文化特色：

江苏是中国古代文明的发祥地之一，集"淮扬""金陵""吴""中原"四大文化及地域特征于一体，拥有13座国家历史文化名城。

- 与江苏有关的著名诗人：范仲淹、张若虚、李煜、秦观、范成大等。

南京 梧桐绿荫里的城市

江南春

〔唐〕杜牧

千里莺啼绿映红，
水村山郭酒旗风。
南朝四百八十寺，
多少楼台烟雨中。

初柳淡拂衣，闲花落清月。"千里莺啼绿映红"，"水村山郭"，风动"酒旗"，杜樊川静坐南窗、笑品嫣红，慨"南朝四百八十寺"，叹"多少楼台烟雨中"。笔落锦绣，描绘了江南无尽的春色。春色满穹庐，白云话苍狗，梧桐疏枝，飞絮盈雪，星星点点的雨，早斑驳了岁月的城垣。南朝晚钟不再，金陵旧都，却仍有钟山横斜晚秋、玄武潋滟冬雪、栖霞轻笼莫愁、长歌唱断琵琶、一曲悠吟夫子……

张艺谋的电影《金陵十三钗》，将南京的沉痛再一次展现在国人眼前。在许多诗作中，南京是一座充满悲情的城市，"商女不知亡国恨，隔江犹唱后庭花"是对秦淮河畔的烟花女子流传最广的描述，"南朝四百八十寺，多少楼台烟雨中"也在讲述着这座城市的凄美与苍凉。

诗词里的南京

位于： 江苏省西南部

古称： 金陵、建康、建业、石头城、京师等

谁还吟诵过南京：

朱雀桥边野草花，乌衣巷口夕阳斜。——唐 刘禹锡《乌衣巷》

金陵子弟来相送，欲行不行各尽觞。——唐 李白《金陵酒肆留别》

京口瓜洲一水间，钟山只隔数重山。——宋 王安石《泊船瓜洲》

楚天千里清秋，水随天去秋无际。——宋 辛弃疾《水龙吟·登建康赏心亭》

正是江南好风景

高大的法国梧桐，是南京最常见的树。盛夏时节，树枝在半空中交合，为城市撑起一把把绿色的大伞，抵挡毒辣的夏日艳阳。浓荫下的玄武湖里，荷花争相绽放，粉红色的花瓣密密实实，随风摆动，蔚为壮观，令人情不自禁地吟诵出那句家喻户晓的诗句："接天莲叶无穷碧，映日荷花别样红。"

在南京，找一个可以俯瞰玄武湖的地方小住，登高远眺，整座城市的房屋错落有致，浓厚的生活气息扑面而来，让人将跌宕的前尘往事暂时抛在脑后。长居于此的人们或许难以像偶来此处的游人这样，轻易就能捕捉到这座城市苍凉的血脉。城市的外围，是空蒙的青山和苍翠的松柏，如一座永远焕发着生机的城墙，守护着城市和芸芸众生。此情此景，不禁让人想起《登金陵凤凰台》中的名句："凤凰台上凤凰游，凤去台空江自流。吴宫花草埋幽径，晋代衣冠成古丘。三山半落青天外，二水中分白鹭洲。总为浮云能蔽日，长安不见使人愁。"

一句"多少楼台烟雨中"注定让我们在淅沥的雨中

> 杜牧，字牧之。他在创作这首诗时，唐王朝已是混乱不堪。来到江南后，他不禁想起当年南朝梁的统治者因佞佛而祸国殃民，内心感慨万千，于是作下此诗。

📍 雨花台烈士纪念碑

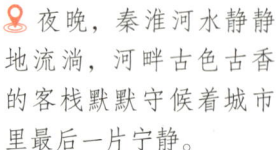

📍 夜晚，秦淮河水静静地流淌，河畔古色古香的客栈默默守候着城市里最后一片宁静。

与南京城相拥。若能在细雨中效仿古人秉烛夜游，逛逛夫子庙，岂不美哉？现在的夫子庙彼岸，是游人如织的秦淮河，不难看出人们是要"蓄意"再现昔日繁盛的秦淮胜景。只是如今这热闹非凡的漫天霓虹，反倒让夜色多了几分艳俗，少了金陵曾有的风韵。

也罢，每个时代都有自己的风格与韵味。夜晚的秦淮虽不似当年，但好在月光依然皎洁，骈四俪六依然隽永，那就借着这清冷的月光怀古一番吧！

无论晴雨，来到南京都免不了要上雨花台走一遭。雨花台庄严肃穆却又不乏

诗情画意,被细雨笼罩的雨花台更是别有一番韵味。沿着山道,踏着青石板一路走上去,能看到许多小贩在路旁贩卖着美丽的雨花石。

关于雨花台名字的由来,有一个美丽的传说。相传,梁武帝时曾有位高僧云光法师在今日的雨花台处诵经弘法,望普度金陵众生。精诚所至,金石为开,云光法师的坚持与虔诚最终感动了上天,一时间,烂漫的花瓣从天而降,坠落地面,好似一阵瓢泼大雨,雨花台由此得名。

人们都说,湖泊是城市的眼睛,雨后初晴的清晨,玄武湖美得动人心魄。在六朝以前，玄武湖被称为桑泊，是水军的训练场所，同时也是王公贵胄们游乐的场所。站在湖畔，还能依稀体会到古人对酒当歌的快意。

别了玄武湖，向东南方向出发，不多时，庄严肃穆的明孝陵便映入眼帘。在明孝陵的"神道"石象路旁，苍松翠柏已挺立600多年。阳光被树的枝条和繁茂的针叶切割成细小的碎片，在青石板上洒落了一地斑驳的光影，游人们可以踏着这古色古香的大道，一步步走向这六朝古都的心脏，走向这个昔日盛极一时的王朝。

明孝陵屋檐

正是江南好风景

◉ 明孝陵蜡梅图

　　明孝陵前方的碑殿，竖立着"治隆唐宋"的石碑，相传，这块石碑由康熙皇帝亲手书写而成。石碑两侧的碑座都是支离破碎的，修补的痕迹依稀可见。南京的繁华和落寞似乎都浓缩在了这墓园中，"金陵王气黯然收"，这六朝古都的繁盛与颓败，如今均已经化作历史的尘埃飘落。苍劲的古树下充满孩子们的欢声笑语，南京的古老气息也无时无刻不散发在空气中，温暖着华夏子孙们。

◉ 古色古香的石象路

跟着诗词游中国

苏州 画桥烟波动绮罗

枫桥夜泊

〔唐〕张继

月落乌啼霜满天，
江枫渔火对愁眠。
姑苏城外寒山寺，
夜半钟声到客船。

秋声枫影下，眉蹙寒山风。冉冉渔火惆怅了远天的微光，泠泠晚钟歌咏着盛唐，自张继笔落春秋将霜天烂漫，月落乌啼、江枫渔火、夜半钟声便成了"姑苏城外"最美的一场幻梦。梦醒，梦续，客船轻舟载动的却不是满腹愁肠、一腔羁旅，而是三千画桥畔缭绕的烟岚、留园春深中一篱的飞絮、虎丘书台上揽月的松影、周庄双桥下飘零的船棹、一蓑梅雨中萦雾的青黛，更是绿萝飞逝里，那一抹名为苏州的美好……

伴吴侬柔柔软语，携满城桐花飞絮，它，裹着翰墨书香，自远古的水墨中迤逦而来，莲步款款，笑语翩然，婀娜的红袖里，掬的全都是江南的水光潋滟。苏

> 张继，湖北襄州（今襄阳）人。安史之乱时，包括他在内的不少文人都逃到了政局较为稳定的江南避乱。途经寒山寺时，被江南深秋美景深深吸引的张继写下了这首诗。

诗词里的苏州

位于： 江苏省东南部
古称： 姑苏、平江、吴都、吴中、东吴等
谁还吟诵过苏州：

姑苏台上乌栖时，吴王宫里醉西施。——唐 李白《乌栖曲》
姑苏一败云无色，范蠡长游水自波。——唐 李远《吴越怀古》
绿浪东西南北水，红栏三百九十桥。——唐 白居易《正月三日闲行》
南浦春来绿一川，石桥朱塔两依然。——宋 范成大《横塘》

正是江南好风景

苏州古时为吴地，历史悠久，文化馥郁，昆曲、苏剧、苏绣、苏菜、苏锦皆闻名天下。苏州是水乡，有"东方威尼斯"之誉，湖泊星罗、河流纵横、水网棋布、港汊交错，水草迤逦其中，船舶舟橹摇曳其上，两岸有石径横斜、花木扶疏、小桥环虹、流水人家，有茶香袅袅、浣女娉婷、烟笼寒水、渔火灯鸣，水光花影，如诗如画。

画里点胭脂，诗中歌潋滟，一曲秦淮唱断了枫桥的夜月，虎丘塔顶高高援着藤萝。苏州古城不仅有水光，更有山色：天平山、东山、西山，虽不甚高，也不甚秀，但千种峰情、万般石语，却成了平江旧地最鲜活的盛荣。

山光外，画舫中，还有古镇轻漾着雍容。同里、周庄、木渎、沙溪、锦溪，一样的青砖黛瓦，演绎的却是截然不同的风光物色。当然，苏州最旖旎、最柔婉、最烂漫、最具江南韵味的地方，并不是古镇，更不是画桥，而是那烟花三月里冠绝了江南、惊艳了天下的园林。

苏州夜景

13

跟着诗词游中国

❂ 江南园林甲天下，苏州园林冠江南

江南营园之风，魏晋即有之，而苏州最盛。据载，苏州市内园林最盛时多达200余处，最盛名的有四处：拙政园、留园、狮子林、沧浪亭。

拙政园，为"中国园林之母"，亦是江南面积最宏阔的古典园林之一，以水见长，以淑丽称胜。园内，曲径通幽，廊阁小巧，树茂花深，假山隽秀。远香堂前，芙蕖瑶落，七月盛夏，别开满池红迤；香洲倚玉，九曲廊桥，望不断山茶如玉；归田园居，松涛梧语，竹桃夹岸，天然简雅风致；鸳鸯馆舍，亭台错落，倒影凌波，疏朗中另琢轩阔；兰雪堂、缀云峰、梧竹幽居、海棠春坞，映着白雪寒梅，虬曲中则平添无限秀色。

秀色转角中，流云几许，拙政园的隽美天然固令人难忘，留园的玲珑小巧却更引人魂牵。

◎ 苏州拙政园
拙政园是苏州最具代表性的古典园林，全园以水为中心，山水萦绕，亭榭精美，花木繁茂，具有浓郁的江南水乡特色。

留园，始建于明，闻名于清，原为明太仆寺少卿徐泰时的私园。园林不大，但一步一景，山形盛、水流岚、幽芳飞絮、曲溪桃红、秀婉中常氤清雅，最具江南韵味。留园有三绝：楠木殿、鱼化石、冠云峰。楠木殿奢丽富贵、廊角亭柱，皆以楠木为材，木香淡淡，极尽华美。鱼化石源自云南点苍山，方一米，纹理天然，蓝、绿、灰、白、黄各色交织成一幅净秀的山水画卷，巧夺天工。冠云峰以峰为名，却不是峰，而是一块太湖石。湖石嶙峋深秀，集"瘦、透、皱、漏"四奇于一身，虽无凌霄之姿，却别有风致，能与之媲美的，怕也只有盆景园中那千奇百怪的绿植和狮子林里那夺尽造化的假山了。

狮子林，是苏州罕见的寺庙园林，以假山见盛，园中有苍翠的修竹，竹下有湖石，层叠堆垒，妙趣天然，形若雄狮，威风凛凛。除此，暗香疏影间，林内还有许多以假山构筑的佛本生像、罗汉像、兽像等，堆山九曲，造化为工，江南假山之最，唯此称雄。

正是江南好风景

枫桥

漫过假山真秀色，总把沧浪秀色翻。沧浪亭，始建于南朝，根植于宋，是姑苏历史最悠久的园林。园子不大，风光也非独一，但亭立巍峨、檐角轩丽，卧山面水，极尽借景之妙；梧桐秋雨、芭蕉红瘦、几道曲折的复廊，勾连内外，巧置湖光，却是一时明媚无两。

月落钟鸣江枫晚，试剑云岩松影香

转眼沧浪水云空，留园落花凋兰雪，走出千姿百态的园林，脚步微错，被天青色笼罩的你我便已将画桥展望。

苏州多水，亦多桥，画桥三千，一桥一语，但云卷云舒里，歌咏情怀的，却唯有那伫立在古城西北、朴素端雅的枫桥。

枫桥，原名封桥，原只是轻舟烟渚畔一弯凝固的"月牙"，但是，随着唱响于盛唐的一声乌啼，枫林彩染，渔火江澜，枫桥便蓦然增添了万端情怀。

怀吴中冯秀才

〔唐〕杜牧

长洲苑外草萧萧，
却算游程岁月遥。
唯有别时今不忘，
暮烟秋雨过枫桥。

正是江南好风景

📍 枫桥旁的墙壁上所刻的便是那首令枫桥家喻户晓的《枫桥夜泊》。

江村五月，伫立桥上，极目遥望：铁岭关的绿萝攀爬着岁月，枫桥苑的黄叶飘零了诗碑，古镇错落的黛瓦里轻镌着灯火，惊鸿渡口鹭鸶仰望着秋月，明清街坊沉淀着古戏台的荣光。一叶扁舟后，寒山古刹悠悠的钟鸣跌宕了几分辽远的繁华；被钟声震散的云霞则在虎丘凝成了另一派桃源般的盛景。

虎丘山，为江左名山，"吴中第一名胜"，海拔虽仅有30余米，但山形奇秀、绝岩林立、气象万千，堪为绝妙。

整座虎丘，丛桂馨胜、茂林叠翠、三绝九宜十八景，流纹千幛，云泉风动，蔚为深秀。丘上云岩寺塔，俗称虎丘塔。虎丘塔是一座斜塔，矗立千年，历经浮沉，八角七层，飞檐斗拱，每值深秋，万千苍鹭绕塔旋飞，映以霞彩，别样壮美。距塔不远处，有一池潋滟，名剑池，池水澄明，终年不枯，池畔有峭壁高耸，池外有洞门连天，寒气暗涌，锋芒毕露，神秘而幽邃。相传，吴王阖闾逝后便归葬于此，随葬的不仅有金枭玉雁，还有宝剑三千，剑池之锋芒，大抵便源于此。另外，剑池畔，还有吴王试剑的试剑石、红赤灼目的千人石，石纹千般，极为壮观。此外，虎丘上荟萃了苏派盆景风华的万景山

📍 **虎丘塔**

虎丘塔规模宏大，结构精巧，高高耸立在虎丘山顶，是苏州古城沧桑的见证，如今它已经成了苏州的标志。

17

跟着诗词游中国

庄、修竹清溪旖旎的环翠水阁、真娘墓、断梁殿等,也是野趣盎然,值得细观。

❀ 小桥偎翠随流水,锦溪水上葬红颜

若苏州的盛美有十分,那古镇当独得四分。

苏州古镇最旖旎不过周庄:江南烟雨里,小桥流水环着明清人家;落花随风,零落南湖,双桥水巷,艄公轻轻摇着橹船;张厅妩媚了周庄的月,"聚宝盆"上还有沈万三的痕迹;吴歌响处,迷楼的夜色悄然渗入了锦溪深处……

锦溪,不是一条溪,而是一个小镇。比之周庄,它的名声不算很大,然而在

📍锦溪陈妃水冢　📍锦溪夜景　　📍水天一色的锦溪古镇

📍锦溪十眼长桥

18

姑苏千年的图册里，它却是最宁静、最温婉、最柔和的那一个。

掬艳阳，踏流水，邂逅锦溪，就如邂逅了一场繁花落雨不经铅华的幻梦，梦里情深深几许，一段宣卷、几首丝竹，勾动的唯有红颜缱绻、帝妃眷眷。水上陈墓是锦溪的地标，泛舟水上，动莲塘，惊起一滩鸥鹭后，转眼青阶，静坐茶楼，看看舞狮、打打连厢、赏赏民歌、品品香茗，自然极好。倦了，累了，一个人坐在那里发发呆、望望流云、听听水歌，也蛮不错。夜幕降临，借流光灯影，漫步上塘老街，看一场生旦净末丑编织的繁华，抑或曳着水草，在浮萍凝碧间，观看一场精彩横绝的鸬鹚表演，更是欢声里最惬意之事。

当然，若你无意与这份宁静相逢，若你只爱那赤橙黄绿青蓝紫中最斑斓的彩色，也没什么。三月梅花开遍的香雪海，七月并蒂莲开的亭林园，八月星空下璀璨的山塘街，十一月层林尽染的天平山，皆能满足你心中那缕执念。

松声月下，画桥烟波，古镇流水，寺塔鸣钟，一泓涟漪便是一蓬彩语。若人这一辈子必然要邂逅一个远方，要常氲几缕诗意，那这个地方，便是苏州！

> **★ 园林之城 ★**
>
> 苏州的园林建筑冠绝全国。这里几乎集结了江南的所有胜景，小桥流水，亭台楼阁，倘若于此处偷得半日清闲，实乃极大的享受。

人在旅途

苏绣

去苏州逛一圈会发现很难买到价格平实又绣工卓异的苏绣。其实要买苏绣，最好的地方是苏州西部高新区的镇湖，那里有著名的苏绣一条街，基本是正宗的苏绣。

跟着诗词游中国

扬州 精雕细琢的眉眼

黄鹤楼送孟浩然之广陵
〔唐〕李白

故人西辞黄鹤楼，烟花三月下扬州。
孤帆远影碧空尽，唯见长江天际流。

东南形胜，最胜在扬州。瘦西湖的横波凝固了星空，大明寺的山花烂漫了斜阳，个园目送秋波与何园缱绻，东关街的石板如同蜿蜒了千年前的灯火，烟花三月，太白弹剑飞渡、伫立江天，以孤帆远影歌着淮扬，碧空尽处，长江天际流远，滚滚的波涛，卷动的不独是折柳的挚情，还有下扬州的你我心中最繁华、最妩媚的一场悸动。

◊ 扬州小巷

诗词里的扬州

位于： 江苏省中部
古称： 广陵、江都、维扬、吴州等
谁还吟诵过扬州：

谁知竹西路，歌吹是扬州。——唐 杜牧《题扬州禅智寺》
天下三分明月夜，二分无赖是扬州。——唐 徐凝《忆扬州》
商胡离别下扬州，忆上西陵故驿楼。——唐 杜甫《解闷十二首》（其二）
淮左名都，竹西佳处，解鞍少驻初程。——宋 姜夔《扬州慢·淮左名都》

正是江南好风景

扬州，一座以香艳和繁华而闻名的南方城市。那秦淮河畔"大珠小珠落玉盘"的琵琶声，河边渡船上飘来的阵阵脂粉气，成为千百东方艺术家们心目中的缪斯。

但是，在扬州过往的繁荣和光彩背后，我们还能依稀看到，隋朝的壮丁们顶着烈日，挥舞着手中的铁器，艰难地开凿着京杭大运河的身影。

然而，无论这里发生过什么，每到烟花三月，扬州便又将自己打扮得美艳动人，让整个东方的目光都集中到这里。这便是昔日的扬州，如同一个美丽而坚忍的女子，经历过无数苦难和波折，却永远亭亭玉立，保持着遗世独立的姿态，将最美的一面展示给世人。

瘦西湖是扬州景色的代表。瘦西湖景色宜人，融南秀北雄于一体。瘦西湖的格局在康熙时期就基本形成，那时便有"园林之盛，甲于天下"的美誉。瘦西湖的园林胜景随处可见，正所谓"两堤花柳全依水，一路楼台直到山"。碧绿的湖水两岸窈窕曲折，亭台楼阁如山水画卷一般次第展开。"垂杨不断接残芜，雁齿虹桥俨画图。也是销金一锅子，故应唤作瘦西湖。"清朝诗人汪沆如

> 李白，字太白。他在寓居安陆期间，同长他十二岁的孟浩然成了挚友。唐开元十八年（730）三月，孟浩然要去广陵，乘船东下，李白亲自送他到江边，别时写下此诗。

跟着诗词游中国

是说,瘦西湖也由此得名,蜚声四海。从御码头开始,沿湖可以看到冶春园、红园、钓鱼台、莲性寺、白塔、五亭桥、观音山等名扬中外的景观。一天里不同的时辰,一年里不同的季节,都能让瘦西湖幻化出不同的景色,天然之趣让人回味无穷。这幅画卷里既有自然的厚爱,又有能工巧匠的细心雕琢,最终形成了扬州独特的园林风格。与家人一起泛舟于水上园林,两岸美景纷至沓来,定会令人应接不暇,心醉神迷。

来到扬州,最不容错过的便是淮扬菜。扬州人传承了中华文化中"食不厌精"的老传统,讲究色、香、味、意、形、养。淮扬菜集江南水乡菜肴之精华,将河鲜用独特的方法烹制,既不像沿海地区的海鲜那般生猛,又没有川菜、湘菜的辛辣,而是在精心烹制的同时保留了食物的原味。

早在南宋时,淮扬菜就以其清爽悦目、风味清鲜而闻名。淮扬菜的刀工精细,大厨们在蛋禽蔬菜上下功夫,以极大的耐心和精到的技法精雕细琢,雕刻出的动物和花朵栩栩如生。坐在富春茶社里,吃着精心烹煮的菜肴和点心,观赏窗外瘦西湖的美景和错落有致的盐商府邸,想象昔日扬州城内的熙来攘往,别有一番韵味。

📍 冬日的瘦西湖

📍 瘦西湖旁草丰树茂。人们泛舟湖上,小船缓缓通过桥洞,画面极美。

太湖 尘世情怀

正是江南好风景

太湖秋晚

〔宋〕杨万里

水气清空外，人家秋色中。
细看千万落，户户水晶宫。

太湖的夕阳与月色，是日间的万顷柔波绘不出的一幅别样画卷。远远望去，血色残阳，悄悄隐没于湖水的另一个边际。没有大漠落日的波澜壮阔，也没有高山落日的苍凉悲壮，却多了一种娴静平和。当月亮接替了太阳，在湖面上映出一轮皎洁，秋风拂过，水面的涟漪荡碎了水月，仿若撒落一地的水晶珠子，闪闪发亮。你说，这究竟是迷惑人心的镜花水月，还是神话故事里才有的水晶宫呢？

> 杨万里，字廷秀，号诚斋，吉州吉水（今江西吉水）人，南宋文学家。杨万里与陆游、尤袤、范成大并称"中兴四大诗人"。他的诗歌风格独特，被称为"诚斋体"。

太湖之中，原有泥盆系砂岩和二叠系灰岩构成的岛屿72座，俗称太湖72峰。或许太湖72峰没有黄山72峰的奇绝，也没有黄山山峰的挺拔、高大，但它们或清纯瑰丽，诉说着天下奇异；或端庄典雅，透着浓浓的诗情，构成了山外有山、湖中有湖的诗意画卷。

坐落在太湖北部的鼋头渚，也是别有一番情味。青山绿水中，长春桥、澄澜堂、飞云阁点缀，古旧的廊檐旁，百花盛开，杨柳依依。

太湖夕照,渔帆点点,韵味悠悠。

太湖的美,还在夕照。在万顷的柔波之上,一轮血红的残阳,徐徐自地平线上落下,天地间仿佛瞬时绚烂起来,那些金黄色的光,柔和地洒在桥、廊、湖面上,瑰丽夺目,如梦如幻,让人不禁心生敬畏。湖上的日落如此迷人,想必湖上的月景也是令人神往吧。

遥想当年范蠡、西施月夜泛舟于此,亦能体会那"如

太湖泛舟

诗词里的太湖

位于： 江苏省南部
古称： 震泽、具区，又名五湖、笠泽
谁还吟诵过太湖：

水宿烟雨寒，洞庭霜落微。——唐 王昌龄《太湖秋夕》
今朝得游泛，大笑称平昔。——唐 皮日休《太湖诗·初入太湖》
潇洒太湖岸，淡伫洞庭山。——宋 苏舜钦《水调歌头·沧浪亭》
燕雁无心，太湖西畔随云去。——宋 姜夔《点绛唇·丁未冬过吴松作》

正是江南好风景

此烟波如此夜，居然著我一扁舟"的心境吧。

赏过太湖的美景，寻一家湖边小店，吃上一顿真正的船菜，一次旅行便圆满了。太湖盛产"三白"，即银鱼、白虾、白鱼，其中最有名的便是太湖白虾了。白虾虾壳极薄，通体透明，晶莹如玉，煮熟后也呈现罕有的洁白，吃到口中细嫩异常，鲜美无比。

太湖就是一个如此令人心旷神怡的地方，它精致、优雅，有着独特的魅力。抛却繁忙的工作，远离尘世的喧嚣，与心爱的人，泛舟于湖上，相携看篙头精雅、夕阳坠波，品尝独具风味的船菜，世间还有比这更惬意的事吗？

太湖珍珠

太湖除了湖美，水美，人美，船菜美，还有珍珠美。太湖地区盛产人工淡水珍珠，颗颗晶莹圆润，色泽纯净，在国际上享有"太湖珍珠天下第一"的美誉。慈禧太后也曾赞誉道："东球南珠，不如太湖淡水珍珠。"可见太湖珍珠之好。

浙江省

- **简称**：浙
- **省会**：杭州
- **区域**：华东地区
- **文化特色**：
浙江享有"文化之邦"的美誉；南宋曾迁都临安（今浙江杭州）；境内已发现新石器时代遗址100多处，包括跨湖桥文化、河姆渡文化等。
- **与浙江有关的著名诗人**：陆游、骆宾王、贺知章、周邦彦、孟郊等。

杭州 随风飘送的相思梦

忆江南（其二）

〔唐〕白居易

江南忆，最忆是杭州。山寺月中寻桂子，郡亭枕上看潮头。何日更重游？

琉璃的梦，裹着青空，斜风细雨蒙蒙，将满腹的相思吹送。江南好，忆汹涌，水墨丹青，一地晚红无声。梦中，对月遥遥，白居易回首流岚，最忆的却始终都是杭州的盈盈绝景。那月中可寻桂子的山寺，那郡亭枕上可遥看的潮头，纵蒙了时光的尘，依旧令人魂牵梦萦。更何况，杭州可忆的不独是山寺、潮头，还有那一水抱城的西湖，那钟灵毓秀的西溪，那鸥鹭翔集的千岛，那歌舞咏志的宋城……江南忆，忆江南，倾城锦绣杭州好。古人，诚不我欺。

苏堤断桥边，西湖长椅上，对于了解中国传统文化的人来说，在这座风光旖旎却又不失繁华的城市中，似乎每天都上演着一个又一个纯美的爱情故事，一如白素贞与许仙，一如梁山伯与祝英台。如果有一座城市能为浪漫与爱情代言，这座城市便是杭州。"上有天堂，下有苏杭"这句话我们从小听到大，一千多年前，白居易的"江南忆，

诗词里的杭州

位于： 浙江省北部
古称： 临安、钱塘、武林等
谁还吟诵过杭州：

山外青山楼外楼，西湖歌舞几时休？——宋 林升《题临安邸》
欲把西湖比西子，淡妆浓抹总相宜。——宋 苏轼《饮湖上初晴后雨》
毕竟西湖六月中，风光不与四时同。——宋 杨万里《晓出净慈寺送林子方》
重湖叠巘清嘉，有三秋桂子，十里荷花。——宋 柳永《望海潮》

正是江南好风景

最忆是杭州"，更是道出了大多数国人心中的苏杭情结。若是给你一段悠长假期，你是否也愿意带上你的爱人，在杭州的春色里，享受浪漫而甜蜜的时光呢？

秦统一六国后在此设县，那时的杭州被称为钱塘。杭州独特的地理位置和复杂的水系，使得它成了江南一带的交通要道，它的繁华与喧嚣也一直持续到了今天。自古以来，杭州便有"人间天堂"的美誉，唐朝的杭州是中国首屈一指的商业化大都市，"珍异所聚，商贾并辏"。南宋建都于杭州，成就了杭州的鼎盛时期，当时的杭州号称"东南第一州"。直到元朝，杭州依然是江南水乡中最为繁华而梦幻的城市。

杭州最负盛名的地方恐怕要数西湖了。西湖是杭州市中心的一颗明珠，是中国十大风景名胜之一，景区有许多人们耳熟能详的名胜古迹，其中包括灵隐寺、三潭印月、岳飞墓、虎跑泉等。西湖史称钱

> 白居易曾任杭州刺史和苏州刺史，其任职期间曾畅游江南，对江南印象深刻，因此在他因病卸任苏州刺史回到洛阳的十余年后，写下了三首脍炙人口的《忆江南》。

塘湖，宋朝定名为西湖。西湖三面环山，湖中心有三座岛屿，分别是三潭印月、湖心亭和阮公墩。初见西湖，便被那清新淡雅一如华夏风骨的气质深深打动，一池静水映衬着天光云影，秀美而从容。近看那被时光精雕细琢的山水与人文，才发现这淡雅而大气的底色上，是浓重而精致的工笔白描，正应了那句"欲把西湖比西子，淡妆浓抹总相宜"。西湖畔的广场与城区绿地构成了湖滨景区；吴山景区以城隍阁为中心；与之相邻的南山路将西湖南线的人文与自然景点串联成南线景区；而站在城中制高点上俯瞰，可以看到南宋皇城如同一条翩翩欲飞的凤凰，这便是凤凰山景区。此外还有以自然野趣为主的杨公堤生态景区，以钱塘江大桥为主要看点的长虹卧波景区，而西湖北岸那别具特色的街道和古老建筑更是组成了一座没有围墙的博物馆。

　　西湖之所以千百年来为无数文人墨客所喜爱，恐怕是因为它那扑朔迷离的美。连绵的山脉包裹着西湖，层层青山如屏障一般，掩映着、分割着原本一眼望穿的湖光，山色与湖水相映成趣，因此人们只需要变换一个角度观赏西湖，便能收获截然不同的美景。拜江南的蒙蒙烟雨所赐，无论阴天晴天、雨天雪天，都呈现出别样的风情。若是秋日来到这里，便能欣赏到漫天桂花在风中飞舞，伴着叮咚泉

如火的西湖晚霞

水翩翩而至。

苏堤和白堤，这两个耳熟能详的名字是西湖最著名的景点。苏堤、白堤横亘在西湖中，将西湖分割为西里湖、小南湖、岳湖、外湖和里湖。苏堤是宋朝大文学家苏东坡任杭州太守时疏浚西湖所建，堤上有6座石拱桥，每当晨光微曦，湖面便会蒸腾起淡淡薄雾，这便是大名鼎鼎的钱塘十景之一——"六桥烟柳"。苏堤如一条长长的绿丝带，漂在西湖之上。堤上种满了形态各异的植物，香樟、梧桐、银杏……生机勃勃的植物将苏堤打扮得分外美丽。

到了春天，堤上桃花盛开，春风拂面，令人心旷神怡。四季的西湖呈现出不同的美景，春夏秋冬分别有"苏堤春晓""曲院风荷""平湖秋月"和"断桥残雪"的景致。这一池恬淡而清丽的湖水，温暖了钢筋水泥的寂寞，安抚了人们躁动的灵魂。在一座熙来攘往的大都市里，能有这样一处闹中取静的所在，实在是杭州人的幸运。夏日里花港观鱼，秋凉赏桂时有"满陇桂雨"，飘雪的冬日里踏雪寻梅，春风和煦时桃花绽放，万里飘香。

如果说西湖赋予了杭州诗情画意，那么西溪便给了这座城市以安稳踏实的存在感。西溪是杭州市西部的一片湿地，有着悠久的历史。西溪古称河渚，周围环

正是江南好风景

西湖曲院风荷

跟着诗词游中国

📍 白堤宽阔而敞亮,杨柳依依,湖水涂碧,让人倍感大自然那天衣无缝的和谐与浓情。它由白居易的诗句"最爱湖东行不足,绿杨阴里白沙堤"而得名。

绕着许多名园古刹,集城市景观、人文风景与自然资源于一身,吸引了来自各地的游客。

在湿地公园中,水系庞杂,大片大片的芦苇掩映着河流与水鸟,处处鸟语花香,四季空气清新。和爱人在这威尼斯般的水城中泛舟垂钓,读一本喜欢的书,谛听云雀在风中的鸣叫,这样的场景美得如同电影中的画面。在烟雨连绵的江南,晴空也会偶尔出现,在日光下采摘荷花与菱角,与飞鸟为伴,此种惬意

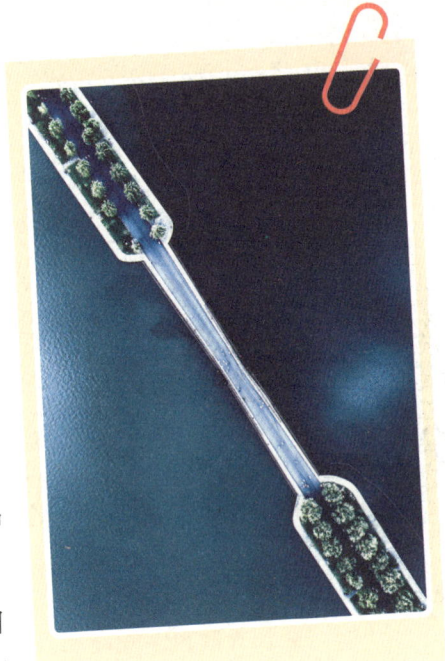

📍 **西溪湿地公园**

小桥流水,疏影横斜,白墙黛瓦,错落有致,西溪湿地公园在喧闹的都市一角独守静谧与美好。

与野趣让人流连忘返。

在西溪北部的飞来峰中，有一座古刹矗立了千百年，它便是灵隐寺。灵隐寺如它的名字一般，似乎受到了神明的庇护，若隐若现，被奔流的山泉与葱茏的绿荫安稳地包裹。在灵隐寺的西面，人们可以看到一处壮观的景象——巨石藏匿云端，直指苍天。在寺中，还有埋葬"开山祖师"慧理骨灰的理公塔，塔尖隐没在云端，肃穆而安宁。在理公塔旁边有一块仿佛来自天外的巨石，它斜倚在悬崖边，似乎随时可能掉下万丈深渊，令观者无不为之惊叹，人们便将这石头称为飞来峰。走过飞来峰，便能看到一道红墙将灵隐寺与万丈红尘隔绝开来，只有飞檐在墙头显现，再往上看，冷泉飞流直下。

回想杭州变化多端的天气，四季不同的景致，风情各异的湖光山色，你会发现它扑朔迷离的美，一如那相思一般，叫人摸不着头绪却又沉醉不已。

> ★ 灵隐寺 ★
>
> 1600余年的岁月没有磨灭灵隐寺的光辉，反而让它愈加迷人。行走于古刹之中，拜倒在佛像之前，便可听到岁月回声，感受千古佛韵。

正是江南好风景

📍 飞来峰石雕佛像

人在旅途

杭州小吃

杭州的小吃，品种繁多，四季各有流行。春季是各式春卷、鲜肉汤团的风行时期，炎炎夏日则粥品糕点盛行，秋日各类蟹肉小吃充斥着整个城市，寒冬腊月则食糯米麻糍等。

绍兴　乌篷摇落的远方

跟着诗词游中国

游山西村（节选）

〔宋〕陆游

莫笑农家腊酒浑，丰年留客足鸡豚。
山重水复疑无路，柳暗花明又一村。

梦里几番花语，乌篷摇落，青川白水畔，总有农家憨然的笑语划过。稻米香浓，鸡豚留客，觥筹交错，微酣之时，总有游人相就月色。千年前，陆放翁恣肆年华，将东湖的繁星吹动，恍惚间，迷醉在山水之间，惊喜于柳暗花明，满心满眼，尽是绍兴的斑斓万端、风景处处。

位处长江三角洲南的绍兴，水乡如画，山明人秀，古运河潺潺的水波流转了她的柔情，会稽山挺拔的风姿撑起了她的脊梁，乌篷里摇橹，吱呀吱呀地轻鸣，起落的不独是文人的情怀，还有江南的憧憬与希望。

这里山清水秀，这里人杰地灵，南宋大诗人陆游便生于斯。诗人为山水灵性所陶冶，留下了诸多脍炙人口的篇章。

记忆中的绍兴，始终都是古雅且沉厚的。9000年前，小黄山的血液便流淌在了这片土地之上；4000年前，古越国的峥嵘点染了她满是儒雅的容颜；秦汉时，会稽郡成为江浙政治与文化中枢；隋唐时，重置越州；及至南宋，高宗以"绍奕世之宏休，兴百年之丕绪"意，改越州为绍兴，绍兴之名，遂沿用至今。

江南水声长，吴越山光重，绍兴风光之丽，举世公认。东湖波光映天、翠倚洞桥；柯岩奇石嶙峋、神工鬼斧；五泄悬泉飞瀑、桃源篱渡；吼山红芳灼灼、摩崖恢宏；兰亭曲水流觞、鹅嘤浅语；沈园双桂问诗、浪漫别致……

诗词里的绍兴

位于： 浙江省中北部
古称： 越州、会稽、蠡城等
谁还吟诵过绍兴：

岩花候冬发，谷鸟作春啼。——唐 宋之问《泛镜湖南溪》
我欲因之梦吴越，一夜飞度镜湖月。——唐 李白《梦游天姥吟留别》
时时引领望天末，何处青山是越中。——唐 孟浩然《渡浙江问舟中人》
若耶溪水云门寺，贺监荷花空自开。——宋 苏轼《送钱穆父出守越州绝句二首》（其二）

> 正是江南好风景

丽景佳颜，纵列之间，固然形胜。然而，在绍兴，最卓然的却从来都不是风景，而是那一个个耳熟能详的人，一段段脍炙人口的故事：西施浣纱菡萏香，羲之题字兰亭里，唐婉柔情《钗头凤》，秋瑾龙泉夜铿锵。绍兴的每一条巷陌，都蕴藏着一段风雅；每一处飞檐，都暗含着一番情怀。

✿ 百草园中语，鲁镇翰墨情：鲁迅故里

鲁迅故里，是一条极富江南历史韵味的长街，街畔，有不少在岁月里添了年轮的古老建筑，粉墙黛瓦、翘角重檐，自然而然就洋溢着几分幽静。漫步长街，走马观花也好，细细揣度也罢，都别有妙趣。百草园里，依稀还有鲁迅当年跳脱顽皮的身影；三味书屋里刻着"早"

📍 三味书屋

> 陆游，号放翁。本诗作于诗人任隆兴府通判期间遭到朝廷中主的排挤被罢免归乡后，此时诗人的心情极为复杂，愤懑却仍深信会苦尽甘来，并将此种心境写进诗里。

33

跟着诗词游中国

字的书桌仍摩挲着欢声笑语；咸亨酒店，茴香豆的味道袅袅不散，孔乙己铜像前合影的人络绎不绝；恒济当粉白的照壁、金漆的招牌历历在目；周家世代居住的大宅院里，花草扶疏，似还能照见鲁迅先生出生时一家的忙乱；台亭外，土谷祠的萧墙仍映着月光。

一步步，一丈丈，循着春秋笔墨，不断追寻着先生旧日足迹的你我，不知不觉，便已离了故居，到了"鲁镇"。

鲁镇并非历史上真实存在的小镇，而是鲁迅先生笔下的小镇在现实中的具现。走进鲁镇，就若走进了若干年前的绍兴：青石板铺成的街道、尘土飞扬的戏台、鳞次栉比的宅院民居、千姿百态的石坊、酒香弥散的竹庐、带着绍兴乡土气息的茶馆，林林总总，令人眼花缭乱。累了，倦了，随手招一辆"洋车"，坐上去，一边听着车夫用独一无二的"绍普"侃大山，一边慢悠悠地观街景，也蛮不错。

❖ 乌篷摇落处，五泄繁星点：东湖·五泄风景区

湖光山色里，采菊映斑斓，若论泛舟，最好的所在，其实，还是东湖。

东湖在绍兴东郊，水域辽阔，不见水天浩渺，却也精致玲珑。湖上，山水纵列、石树错落，点点的绿、清清的蓝、浅浅的灰白交相辉映，就似一幅色彩素淡的中国画，煞是好看。坐在乌篷船上，伴着"嘎吱嘎吱"的摇橹声，慢条斯理地前行；两岸如削的崖壁凿痕遍布，潺潺的流水在缝隙中冲出一片片夺目的斑斓。陶公洞狭本天开，仅容一船通行，撑船入洞，委实是件高难度任务，"驾龄"三年以下的船老大几乎都过不去。然而，入洞后，却别有一方洞天，山水旖旎，恍若桃花源。坐洞观天映桃源，不过转眼，离了陶公洞，到仙桃洞猎猎奇自是题中之义。

遥望仙桃，本以为平平无奇，不过石门一扇罢了，待临波而至，

水边停泊的乌篷船

才发现，石门竟以倒影拼接出了一个大大的"仙桃"，偷偷地"咬"上一口，水波微漾后，竟浑然无迹，只不过，"偷吃"的你我却已乘风飘然远去，待风散，环目四顾，满眼便皆是五泄的水光翩然。

五泄在绍兴诸暨西北，有五瀑、三谷、二溪、一湖，湖光潋滟，飞瀑五折，素有"小雁荡"之誉。"小雁荡"内，72峰高低错落，36坪碧色如茵，25崖崎岖险峻，叠石奇岩层叠若彩屏横空，东源飞瀑激流湍云、惊艳绝伦，夹岩古寺静水流深，桃源阡陌纵横、清新怡人，西源峡谷壁立千仞、壑丽林幽，五泄湖更是烟波浩渺、蜓立新荷。

> **沈园二首(其一)**
> 〔宋〕陆游
> 城上斜阳画角哀，
> 沈园非复旧池台。
> 伤心桥下春波绿，
> 曾是惊鸿照影来。

✦ 红酥春如旧，池立人空瘦：沈园

唐婉，是陆游曾经的妻子，两人琴瑟和谐，本十分相得，无奈，迫于母命，一双眷侣，终是分飞，于是，有了《钗头凤》，有了一生的怀恋，亦有了那见证这段深情之始与终的沈园。

沈园，位处绍兴春波弄，历八百年辗转，仍翠色如新。

园子始建于宋，原属沈氏，园内丛桂飘香，桥石淑秀，亭阁廊榭玲珑，柔而不媚，婉而不艳，极尽天工山水之妙。春波惊鸿处，有艳阳洒金；断云裂隙下，

📍 沈园著名的断云石

📍 石墙上镌刻的《钗头凤》，印证了陆游唐婉那凄苦的爱情故事。

📍 沈园入口

　　有藤萝交缠；问梅槛深中，有雪映红梅；葫芦清池内，有菡萏含香；孤鹤雅轩前，有钗头鸣凤；诗境檐廊下，有风铃轻悬；琼瑶池、鹊桥、相印亭，环环相缀，秀色相偎，花前月下，独见缱绻。

　　绍兴很大也很小，很远亦很近，咫尺之间，香林雪舞东湖水，五泄梅香静云情，长歌婉转，恍若天阙。天阙明媚几许？孤鹤情深几何？或许，唯有身在乌篷摇落之远方的你才能清楚，才会铭记。

绍兴"三乌"

　　乌篷船：绍兴是水乡，大小河流纵列，湖泊溪流星罗，有桥四千余，于是，乌篷船应水而生。

　　乌毡帽：既是草帽，也是斗笠，冬暖夏凉，遮风避雨，自来都是绍兴船老大们的最爱。

　　乌干菜：即霉干菜，是绍兴一种以雪里蕻为主料的特色腌菜，常用来做蒸肉。

乌镇 枕水人家

正是江南好风景

横山堂小咏

〔明〕文徵明

雨涤山花湿未干，野云流影入栏干。
泉声漱醒山人梦，一卷残书竹里看。

初见乌镇，总以为文徵明式"雨涤山花湿未干，野云流影入栏干"的清婉便是她的全部。然而，当翠光千顷横峨秀，山人从泉水叮咚的梦中惊醒，竹里阅残书，眸光微漾，却才发现，原来一川烟草晴明里，树渺云白，玉衾秋深，东西南北栅，氤氲的古雅才是乌镇最纯粹的味道。

乌镇，位处浙江省桐乡市北，迤逦江南，斜分杭嘉，曾错攘三府，横贯七县，风光静美，古雅精致，为江南六大古镇之一，被誉为"中国最后的枕水人家"。

或许是汤汤的市河水裹挟了太多毓秀，千百年来，小小的镇子竟养育了无数大家：梁昭明太子、裴休、范成大、沈东溪、夏同善、沈平、严独鹤、张琴秋、丰子恺、茅盾等，数不胜数。于是，撑一把油纸伞，伴着迷蒙的江南春雨，在叮叮咚咚的水声中，漫步青石，静静追寻那散落在四栅花间的过往、遗迹，也便成了邂逅乌镇的我们孜孜以求、难以摒弃的执念。

✿ **临烟枕水，水墨话民俗：东栅**

十字交错的内河将乌镇错落地划分为大小不一的四块：东栅、西栅、南栅、北栅。四栅四时四种风情，其中，最温婉、

水镇一体的乌镇

诗意·乌镇

位于：浙江省北部
古称：乌墩、乌戍
历史渊源：
乌镇历史悠久，处于新石器时代，属于马家浜文化，谭家湾遗址是乌镇历史的源头；春秋时期，乌镇为吴疆越界，吴国曾在此驻兵以防越国，史称"乌戍"。

最清丽的，当属东栅。东栅小小的，玲珑中带着几许娇柔，虽不太繁华，但却带着浓浓的生活气息。

黄昏时节，乘一叶扁舟，摇橹水上，看万条金线垂钓流云、一树繁花曳动檐角，听花鼓声声震耳、吹拉弹唱唱尽人间繁华，自是一种绝妙的享受。倦了，乏了，站在桥上，在迷离的灯火下，发发呆、哼哼歌，也是他人眼中一道亮丽的风景线。

待星落长夜、东方微明，重拾行囊，走进江南民俗馆，一尊尊蜡像织成的长卷，便以一种极为奇特的形式蓦然将清末最真实的江南风情鲜活地铺在了你面前：中秋赏月、重阳登高、端午水龙会、元宵走桥、清明香市，种种图景、幅幅画面，委实令人眼花缭乱。

在东栅，最有名的人姓沈，沈德鸿，也就是茅盾。市河东侧的观前街畔，有一处两进平阔、坐北朝南的宅邸，这就是茅盾故居。

宅子不算太大，仿木结构，檐角蜿蜒，透露出江南的玲珑，前院为书房、卧室，后楼是厨房、餐厅，中间有一个小小的庭园，园中树木繁茂。相传，近书房的那一棵棕榈树还是茅盾先生亲手种下的。宅子中的

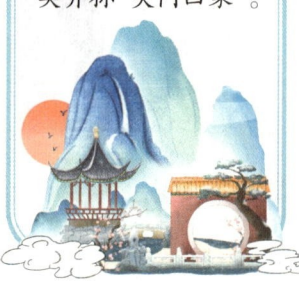

> 文徵明，号衡山，曾师从吴宽学文，师从李应桢学书法，师从沈周学画。文徵明与唐寅、祝允明、徐祯卿并称"吴中四才子"，与沈周、唐寅、仇英并称"吴门四家"。

乌镇东栅　　　　　　茅盾故居

一切，都从未改动过，还保持着先生当年住时的模样，简单、淡雅。

离开了茅盾故居，沿河，一路向前，汇源当铺、逢源双桥及三白酒作坊等尽皆过眼。秋风里，凝固了你我眼眸的却唯有那翰林第中用双手舞动了百态的皮影戏、洋溢着浓浓乡土气息的花鼓戏、财神湾充斥着江湖气的"拳船斗勇"，以及惊险刺激至极的"高竿惊魂"表演。尤其是最后一种，在颠簸不定的乌篷船上，"高竿"艺人们梯云纵步，顺着竹竿不断向高处奔跑、攀爬，细细的竿子弯曲成90度，晃晃悠悠，艺人却伫立其上，做着各种各样惊险且高难度的动作，此中酣畅、热血、惊魂，非亲见，无以体会。

盛开在明清古风里的繁华：西栅

不同于东栅的柔美温婉、小巧玲珑，西栅很大气，也很繁华。

十二个朦胧在烟雨中的岛屿星罗纵列，将西栅的秀色轻轻剪裁。长长的老街上，临河的水阁以一种绰约的风姿将岸边的垂杨绿柳、河上的画舫清波悠悠点染，氤氲着明清古风的一栋栋老宅无形之间便为西栅增添了几许文艺的情怀⋯⋯

游玩西栅，坐观光车自然没什么问题，但在这里，徒步更是一种浪漫。

一个人，漫无目的地穿梭在略有些狭窄逼仄的青石巷弄，或许，一片黄叶就能带飞无限的思绪；或许，一个不经意，便与希冀中的美好相逢。昭明书院是昭明太子旧日的读书之地，偷得浮生半日闲，安安静静地在院里读读书、看看画、留张写满了心事的小纸条，其实也蛮好。三寸金莲馆，展出的不是莲，而是数百

39

📍 美不胜收的西栅夜景

双或金丝银线，或素面提花，或色彩浓艳，或暗淡粗糙的缠足鞋，这些鞋子，长均只有三寸，鞋头尖尖，美丽异常。

当然，西栅最美的，还是那溢彩流光的夜景。

西栅的夜，迷离中流淌着几许彩色的梦幻。水光、星光潋滟着灯火，屋影、人影、树影、花影交织着烂漫；露天电影院里，黑白的剪影无言；桥中桥，水墨淡染里，映的却是原汁原味的水乡雍容；倚船栏，着一袭碎花的旗袍，以满目繁星为陪衬，拍一张彩照，镌刻在底片上的，便是一夜最明媚的风情。若正值上元灯节，执子素手，一起到水边放两盏"并蒂莲"，看着莲灯随波流远，一颗心、两颗心似乎也跟着越漂越远。

远到何处？或许是河畔尽头灯红酒绿的酒吧街，是灯火辉煌的会馆，是飘着酱香的门户，又或许，是南栅与北栅。

✵ 岁月在斑驳中绽放：南栅、北栅

印象中的南栅，总是凌乱的、静谧的，不见喧嚣，却氤氲着几分原汁原味的市井情趣。

似乎是在岁月里涮洗了一遭，南栅最鲜明的特色其实是古老。没有无瑕的白，没有纯粹的黑，没有玲珑的檐角，没有映着阳光的翠瓦；可是，那斑驳的黑、古旧的白、剥落了彩漆的雕花木窗、墙头巷尾的红色标语、荒草丛生的青石路、随

风摇曳的向阳花，书写的却是另一番动人心弦的味道。

门扉半掩的剃头房里，古旧的气息扑面，推子推动的不只是乌发，还有时光。布置简陋的小茶馆中，穿着清一色黑蓝服装的老头们把着茶壶，一边闲聊，一边晒太阳。街上，摊贩不多，卖的也都是毫无新意的特产，但透过那一声声不算响亮的吆喝，我们却读懂了那生活的味道。

北栅和南栅有些类似，但蜿蜒的马头墙上烙印的却是另一种脱去喧嚣的宁静。短短的街，弯弯的巷，幽静的木廊，错落的民居，破旧的乌篷，淡淡的炊烟，斑驳的石桥，寥寥的行人，冷橙色的天光，所有的所有，都掺杂着几分萧条，哪怕是盛夏最葱茏的时节，这里，也看不到繁花，听不到喧嚣。然而，这种萧条，却不同于萧索，徜徉其间，细细品之，竟能品出几分别样的味道。

留住岁月，留住古老，留住曾经的花落云卷，大概是一件极困难，或者说，根本就是不可能的事情吧！但这种不可能，在乌镇的烟波中却幻化成了无数的可能，东西南北四栅，四种截然不同的风情，不停地流转，不停地绽放，以致，那些邂逅过乌镇的人，即便已行色匆匆地归去，心中，"来过，从未离开"的感觉却始终徘徊不去……

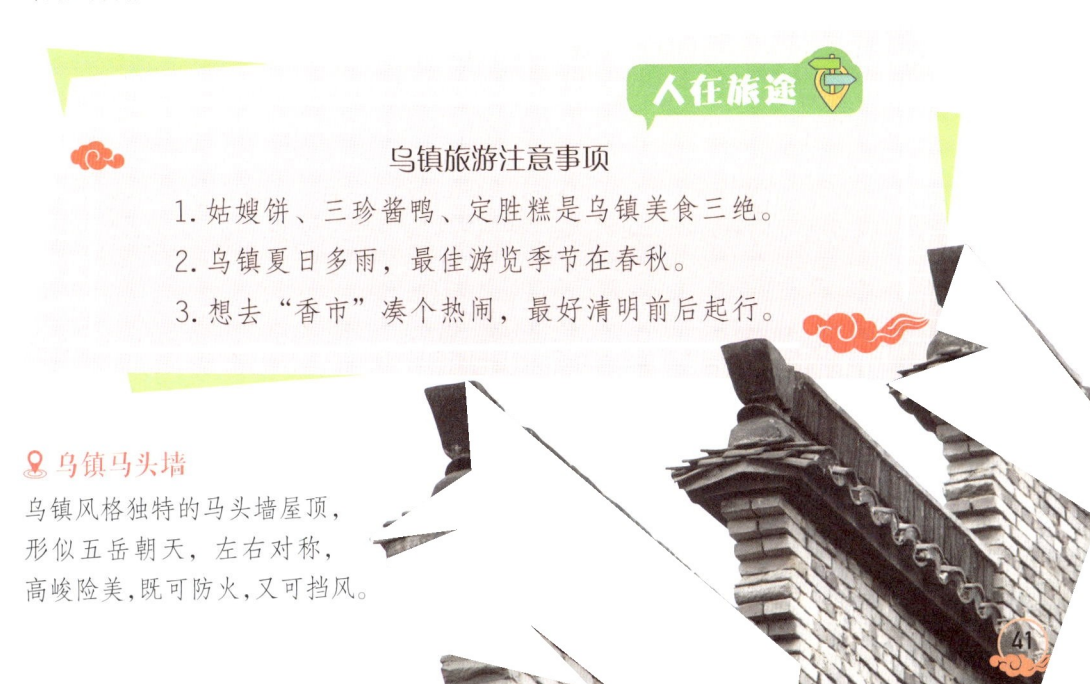

人在旅途

乌镇旅游注意事项

1. 姑嫂饼、三珍酱鸭、定胜糕是乌镇美食三绝。
2. 乌镇夏日多雨，最佳游览季节在春秋。
3. 想去"香市"凑个热闹，最好清明前后起行。

乌镇马头墙

乌镇风格独特的马头墙屋顶，形似五岳朝天，左右对称，高峻险美，既可防火，又可挡风。

正是江南好风景

南浔 桃花流水，岁月静好

渔歌子

〔唐〕张志和

西塞山前白鹭飞，桃花流水鳜鱼肥。
青箬笠，绿蓑衣，斜风细雨不须归。

浦上柳、江畔风、荷衣映月叹平明。或许，是西塞山前飞翔的白鹭惊了那提笔春秋的人，《渔歌子》的画韵词情竟悄无声息地照进了现实："桃花流水鳜鱼肥"，渔火点点，倒映着一河的阑珊；杨柳春风知莺语，飞絮扬扬，挑动了一城的静好；"斜风细雨"中，"青箬笠，绿蓑衣"，波光潋滟处，扁舟钓者谁？或许，是缓缓踱步的张志和，或许是小莲庄的刘崇如，或许是你，或许是我……毕竟，南浔，南浔，天下难寻啊！

枕水江南，稻浪白帆，江南六大古镇中，最宁静温婉的，当属南浔。

古镇不大，以水为街，街巷连桥，绿柳拂云，叶落霓虹，有清流横贯西东，有人家轻悬黛瓦，有林园翘角飞檐，有灯火阑珊南北，有船篙漫溯浮萍，有寒月薄笼晨纱，有粉墙柔掬星光，渐次清歌里，独见清华。

新石器时代，南浔便已有了先民繁衍生息的痕迹，连秦缀汉，迭唐至宋，南浔"耕桑之富"已"甲于浙右"；又因地处"水陆冲要"，商贾云集，贸易天下，及至明清，南浔丝商，雄极江浙，"四象、八牛、七十二金狗"更成为豪富之代言。然而，纵便从不缺繁华的条件，南浔却始终静静地偏安于江南，时光之沙瀑冲刷了数千年，亦未能将她的容颜黯淡。她的柔，她的雅，她的雍容和慵懒，似乎早就被镌刻在了骨血间。

诗意·南浔

位于：湖州市南浔区

地名由来：南宋初年建于浔溪旁，故称"浔溪"，后浔溪南岸的人通过经商致富，商铺作坊林立，故将此处更名为"南林"。正式建制时便从这两个名字中各取一字，是为"南浔"。

历史渊源：
有着"文化之邦""诗书之乡"之称，春秋战国时期先后属吴、越、楚；明清时期为江南蚕丝名镇。

❀ 安闲，流离在水边：百间楼、嘉业堂

百间飞花里，烟雨照琼帘，以水为肌、为骨、为魂的南浔，始终流淌着安闲。

溯潺淙，援白浪，迤岸徐行，望衡对宇的街巷，宁静中轻氲着几许晨曦的暖红，万条垂柳挑逗着蝉儿，东吊桥与栅庄桥间，蜿蜒的琵琶式山墙、木轩窗辗转的却是与想象中别无二致的江南。

迤河数百米，黛瓦连百间，"斜阳村色晚"时，百间楼的倒影里早不见了"卖花船"。没多少扰攘，看不到灯红，三三两两的人们或静静散步，或倚楼观风，或遛狗喝茶，每一人脚下都有流年，每一片叶落，都是生活的诗。

循着诗韵，扁舟一叶向远方，南浔的柔波里垂落了艳阳涟涟，碎金色的光晕笼了船声，亦笼了洪济、广惠、通津三桥的迷梦。菱花遥唱，烟外有红荷的日子，擎一钓竿，寻一水面，静静垂钓，纵没有桃花随流水，踊跃夕阳中的鳜鱼、吱咯有声的木桨，也令人沉醉。蓑衣短，斜月灯黄上中天，夜幕轻垂时，倚楼看婵娟，

> 张志和，字子同。唐大历七年（772），颜真卿任湖州刺史，张志和前往拜见。时值暮春，春水初涨，桃花盛开，二人即兴唱和，张志和首唱，共五首，这首词是其中之一。

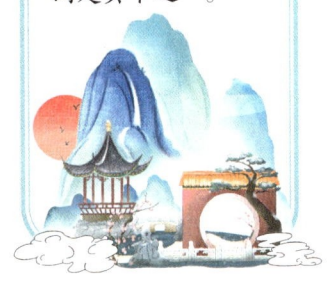

跟着诗词游中国

暖暖的几点灯火，微微的一阵琴声，观鸬鹚翅尾，娴雅中更觉舒适。循着灯火，走走停停，再抬眼，嘉业堂"钦若嘉业"的匾额已在月色中悄然出现。

嘉业堂，是一幢七间两进双层回廊式藏书楼，始建于1920年，原为"南浔四象之首"刘镛之孙刘承干所有，后隶浙江图书馆。楼内有书库50余间，藏书丰富，经史子集无数，其中"景宋四史"堪称无价之宝。

东风夜放花流离，更吹落，荷香如雨。捧一卷古书，静坐窗边，岁月静好。彼时，若道别离，那满眼眷眷的，定不是烟波，而是那楼里的婵娟、画里的小莲。

❂ 岁月，交错在园里：小莲庄

小莲庄为南浔五大名园之一，也是刘镛的私邸。

初夏，穿过溪边萋萋的幽草，在数只鹧鸪的目送下，缓缓步入小莲庄，十亩芳塘映日，一池芙蕖半开，那濯清涟而不妖的红，似还在不断轻诉着庄园主人对莲的无限钟爱。

循着荷香，绕过青砖雕砌的东南门，曲径通幽处，可见五曲长桥迤逦，或玲珑，或庄严，或八角，或四方，或巧致

◉ 南浔古镇

📍 南浔古镇小莲庄的荷花

满池的荷叶随风婆娑摇曳，为夏日增添了一股清凉。湖中央，有的荷花竞相开放、亭亭玉立；有的露出尖尖角，含羞待放。

正是江南好风景

的数方小亭伫立。亭上松风，暗凭栏，可见波光如玉，浮萍碧藻，深浅不一、浩瀚奔涌的绿与浓淡相宜、无穷无尽的红静静地铺开，天光花影，应接不暇。

别了芳塘，转曲径，迤羊肠，不消一刻，便能跳脱出红花绿萍掩亭台的旖旎，陷入假山巧堆叠、湖石多奇秀的妙境。石本无锋更无情，但托于匠心，竟演绎出了种种不可思议的玲珑，譬如天之四相、十二生肖等。

弯弯的山道上，松枫相映，鹧鸪溪百转，"退修小榭"极尽江南婉约之风。距家庙不远的东升阁，原是刘家小姐的闺阁，楼映花木，圆柱雕花，白色的壁炉，明敞的百叶窗，浓浓的风情，纵留下了岁月斑驳的痕迹，亦令人悠然神往。

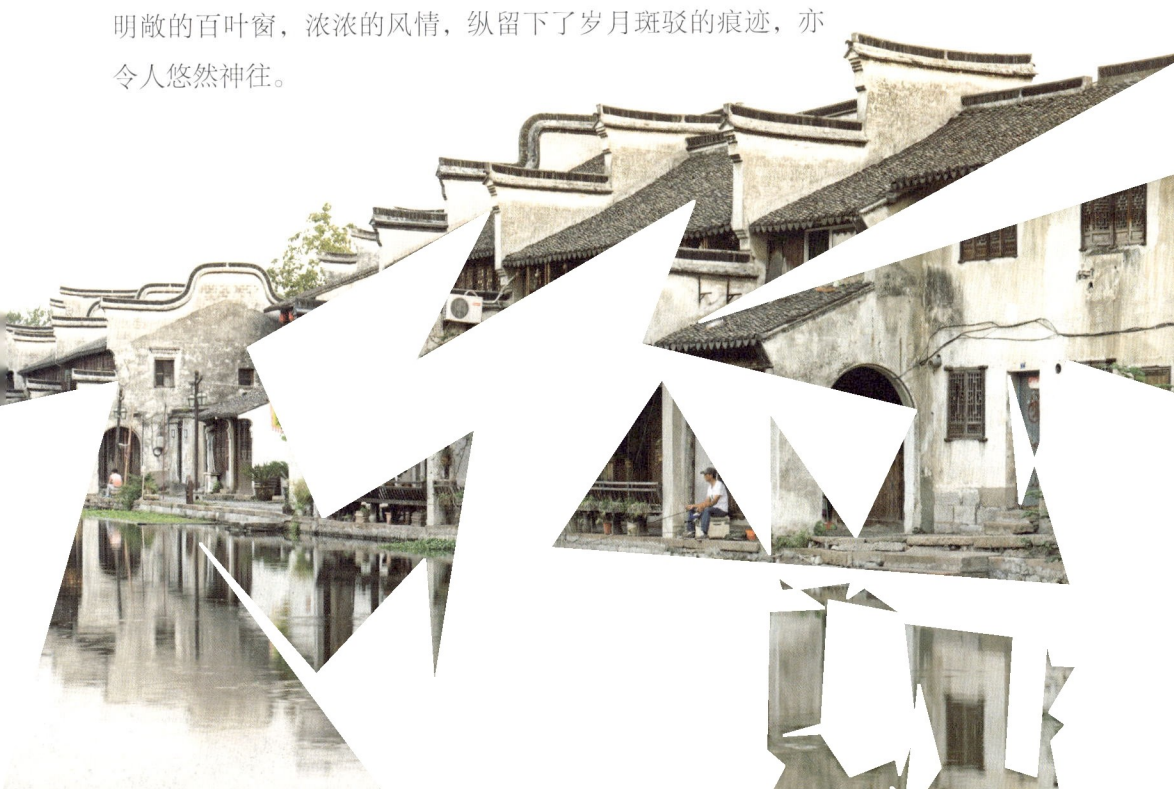

钱塘江　半江烂漫一江潮

潮

〔唐〕白居易

早潮才落晚潮来，一月周流六十回。
不独光阴朝复暮，杭州老去被潮催。

　　潮连两岸平野阔，月涌白沙江水明。一片天青色的烟雨里，钱塘江发酵了千年的精致瞬间涌动成了一片浩浩荡荡的潮。观潮之风，自古有之。那一年，白居易走过桃花源、桐君山，站在逶迤的海塘边，写下了脍炙人口的《潮》："早潮才落晚潮来，一月周流六十回。不独光阴朝复暮，杭州老去被潮催。"自此，那一条亘古的白线、那一片连绵的青天，便成了钱塘江永远的烂漫。

　　不知是哪一年，浙南开化莲花尖，一洼洼、一潭潭、一泓泓、一段段或内敛，或朴秀，或清净，或柔和的水流，漫过千山，涌过万岭，裹挟着泥沙，裹挟着碧草，裹挟着江南无尽的性灵，一路向北，向北，再向北，或许流淌了一年，又或许流淌了千年，终于，流淌出了一片明媚的钱塘江。

钱塘江沿岸城市风光

诗词里的钱塘江

位于： 浙江省中北部
古称： 浙江、之江、罗刹江等
谁还吟诵过钱塘江：

浙江八月何如此？涛似连山喷雪来。——唐 李白《横江词》
浙江悠悠海西绿，惊涛日夜两翻覆。——唐 徐凝《观浙江涛》
惊涛来似雪，一坐凛生寒。——唐 孟浩然《与颜钱塘登障楼望潮作》
千里波涛滚滚来，雪花飞向钓鱼台。——现代 毛泽东《七绝·观潮》

> 正是江南好风景

钱塘江，为浙江省第一大河，东南名川，浩浩荡荡，古名浙江、之江、罗刹江，后来，因江畔悠悠崛起的古钱塘，而更名钱塘江。钱塘江干流宕阔，支流众多，水域辽阔。

一方水土养一方人，钱塘虽不若长江、黄河般纵横浩瀚，但横流三省，亦孕育出了无数灿烂的文化，哺育了数不清的人杰。茶文化、瓷文化、西湖文化、运河文化等皆以钱塘江为重要源流之地，吴越文化更是滥觞于此。孙权、黄公望、陈硕真、郁达夫、王充、王国维、夏衍等与钱塘江颇有渊源的英雄名士更为钱塘平添了一抹亮色。

> 白居易，祖籍山西太原，字乐天，晚年自号香山居士，又号醉吟先生，与刘禹锡并称"刘白"。白诗语言平易通俗，并不晦涩难懂。

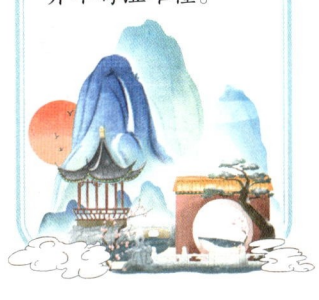

✦ 塔随清江碧，桥外歌霓虹

若清新宁静也是一种美，那这种美肯定独属于钱塘江。

三春繁花烂漫的时候，撑一支长篙，泛舟江上，远山的翠黛迤逦了它琉璃色的眉眼，近岸的亭楼装点了它的美丽，一簇簇并不显眼的绿，一点点浮在空中的白，流转着水光，不断地将它的温柔展现；盛夏，云气氤氲

47

跟着诗词游中国

着白塔,一抹抹浓淡不一的绿在江上缓缓地晕开,和着夕阳的橙红,垂落了江南的水墨晴烟;待得秋高,鸿雁打搅了江水的深碧,那酝酿了一春复一夏的灯火,无声之间,便已成为冬雪中最美的绽放。

六和塔,始建于北宋开宝三年(970),是一座砖木结构的古佛塔,塔高近60米,八面外观13层,内部7层,取佛教"六和敬"之意,取名六和。塔极纤秀,飞檐翘角,红墙褐窗,檐下有风铃轻悬,微风过处,铃声叮咚,很是清悦。塔内,两层合一层,共七层,有回廊,有塔室,有甬道,有壁龛。壁龛内,常雕须弥座,座上飞鸟虫鱼、祥云瑞叶、花草山川,皆刻得惟妙惟肖。

相传古人建六和塔的初衷,是为了以宝塔镇河妖,防止河妖兴风作浪。但显然,"河妖"并未被完全镇压,以致外泄的"妖气"竟浊了钱塘的水魄,让一向

安静、宁和的它也变得暴躁起来。它每发一次脾气，潮水就涨落一次，年年岁岁，岁岁年年。而六和塔，俨然也成了观潮最安全、最好的去处。

✵ 八月十八潮，壮观天下无

春分、秋分前后，是钱塘江涌潮的两大高峰期。春潮急，秋潮怒，不一样的风华，同样的壮阔。尤其是每年农历八月十八日左右的秋潮，"壮观天下无"，被誉为"天下第一潮"，为举世罕见的自然奇观。自汉魏始，无尽岁月，为其所倾的人可谓不计其数。

钱塘江大潮，最壮观的是"一线潮"，最瑰玮的是"交叉潮"，最奇幻、最磅礴的则要属"回头潮"。一般我们所说的观潮，观的都是"一线潮"。

正是江南好风景

📍 钱塘江畔六和塔

📍 钱塘江"一线潮"

49

"一线潮"最佳的观景地有二，一在钱塘江畔六和塔，另一在海宁古镇盐官。潮初起时，江面波澜不惊，澄净如画，待有惊雷之声骤响，一条细细的、长长的银线才悠悠映入眼帘。似乎只是一刹那，那一线横贯了江面的白便延展成了千米万米蜿蜒不尽的匹练。傍万涛擂鼓，及潮头渐近，匹练银虹便澎湃成了际天而来的"玉城雪岭"，连江吞天，气势磅礴，雄浑浩瀚已极。

钱塘江暮色

浊浪排空翻倒海，倾涛卷雪决江河。潮峰过处，盐官一线的江面便会很快恢复平静，"一线潮"那似汹涌了钱塘江无限愤怒的潮头却还在不断地向西奔涌、推进，直到到达老盐仓，与那段仡立了千年的拦河坝相遇。"两军"对垒潮头败，无奈只能携一腔"悲愤"，以泰山压顶之势向东回流倒卷。浪涛汹汹，威势弥天，摧山断岳，这便是"回头潮"。

至于"交叉潮"，其实是因钱塘江入海口，即杭州湾附近南北地理的不协，东潮和南潮推进速度有快有慢，而形成的两潮交叉相撞为"十"字形的奇景。相撞的刹那，"海面雷霆聚，江心瀑布横"，万堆卷雪，水浪弥天，委实是惊心动魄。

另外，钱塘大潮潮涌期间，还可能形成"丁字潮""冲天潮""怪潮"等不同的潮涌盛景。"月影银涛，光摇喷雪，云移玉岸，浪卷轰雷，白练风扬，奔飞曲折"的钱塘夜潮也别蕴三分清隽风致，颇可流连。

独向桐君邀明月，芦茨村外说孙权

潮涨潮落，钱塘多少故事，从潮头的飞雪中将幸福拥抱之后，若兴致未满，不妨循着江滩，去探访江畔另外的芳菲之地，譬如桐君山，譬如芦茨村，譬如龙门古镇。

桐君山是"药祖圣地"，烟水泷云，遍野青黛，一峰挺秀，两水相环。烟雨迷蒙时，登山四望，桐君祠彩绘的雕梁耀着水色，古桐木船微挂白帆，直溯江天，风光旖旎。"峨眉一角"之赞，果名不虚传。

芦茨村在桐庐县附近，是钱塘江畔一个野趣天然、风光秀美，充满了浓浓田园风情的小村落。村子不大，景致却不少。白云源仙姿缥缈、云里人间淳朴清宁；芦茨湾波光潋滟、渔舟向晚；严子陵钓台有些古远，芳草斜阳中却氤氲着几分苍古；日暮黄昏，炊烟盛，"三石一鸡"的香味随着和风不断地飘散……

龙门古镇据传是东吴之主孙权的故里，是江东孙氏一族世代生息繁衍之地，其历史悠久，传承古远，文化厚重，钟灵毓秀。漫步镇内，既能感受独具江南古韵的民俗风情，又能欣赏极富江东彪悍风情的粗犷民居；既能看到从明清历史中走出的佛塔、佛寺、祠堂、古居，又能采撷龙门山"天外银河一道斜，四山飞瀑尽鸣蛙"的纯美风景。踩着铺砌了千年的卵石古街，步入丰受堂墨庄，携一块古墨，禾锄而归，青灯下，书一卷丹青，亦是一件极古雅的事。

秋云惊涛山水绿，六和影落潮声雄，桐君今日邀明月，他日瑶琳枕上清。爱上钱塘江，需要理由吗？不需要吧！流连江边，觅一场天青色的细雨；六和塔上，看一场大潮；桃花源里，赌一次相遇。

人在旅途

钱塘观潮注意事项

1. 钱塘大潮若遗世独立之仙子，可远观不可亵玩，观潮时千万不要走上丁坝或下到河滩上。

2. 钱塘潮涌时，偶尔会发生暗涨潮的现象，需警惕。

3. 八月十八大潮时，万人空巷，人山人海，容易因拥挤造成踩踏，一定要保护好自己，并注意随身财物安全。

诗词里的江南

书写江南风景的诗词实在太多，在隽永的诗句里不仅有典雅精致的景色，还有诗人们的情怀和对美好生活的向往。山川的复杂造就了文化的差异，楚湘的彪悍，徽赣的淳朴，以及江浙的精致，各有千秋。而诗人眼中的江南美景总是有更深的内涵，在落花的江南相逢故人，在江南的明月之下缅怀故乡。诗中的江南，烟柳画桥，风帘翠幕，云树绕堤沙，怒涛卷霜雪，其中更多的是千载之下与诗人深深的灵魂共鸣。

江南的春天，生机勃勃，绿意盎然。

春风又绿江南岸，明月何时照我还

那一年，王安石遭遇了人生中的巨大波折，被罢相的他带着满怀的愤懑坐船经过瓜洲，在如锦的春色里，他的愁绪无法排遣，站在瓜洲渡口放眼南望，只盼望着可以尽快回到那个温暖的地方去。而南岸上微风拂面，轻舟灵巧地在水面上穿行，这美好的江南春色却盛不下诗人满怀的愁绪。政治理想一直不能实现，而退居林下又无法畅怀，秀丽的钟山、恬静的山林，江南应该是最温柔的归处吧，但愿在这里可以有梦想之中恬静祥和的世界，可以和翠绿的嫩柳一起享受春风的轻抚。

过尽千帆皆不是，斜晖脉脉水悠悠

江南的愁绪和闺中的哀怨似乎有一样的频率，它们总是莫名地契合。精心梳洗之后独自一人登上望江楼，夕阳西下，落日的余晖洒在江面，像一幅写意山水画。依靠着栏杆遥望那滔滔的江面，千帆游过，却没有她要等的人。斜晖照在水面上，就如同思念的人儿眼眸之中的忧郁氤氲不散，这一份念想只有那默默守护着她的白洲目睹了这一切。

西塞山前白鹭飞，桃花流水鳜鱼肥

西塞山前，烟波之上，孤独的张志和看到春水初涨，白鹭在山前自由飞翔。他拿着鱼竿在那里垂钓，眼睛蒙眬地望向这个自由的世界。春水盛涨，肥美的鳜鱼缓慢地游动，桃花林里，脖颈细长的白鹭自由地飞翔，躲在蓑衣里的钓翁感受着江南绵绵的春雨，那一刻的宁静应该是心灵最静谧的归处吧。

春水初涨，白鹭在山前自由飞翔。

无锡鼋头渚一角

日出江花红胜火，春来江水绿如蓝

江南在白居易眼中是丰富绚烂的，日出时刻的江水如同燃烧一般热烈火红，而春天的到来好像一支画笔为江南涂上了更美的色彩，如绿如蓝，是不同侧面看到的江南胜景。这样的江南是梦，还是真，已经无法分辨。

流水阊门外，秋风吹柳条

苏州的春色向来是很迷人的，枫桥、铁铃关、江桥村都曾经在无数文人墨客的笔下彰显魅力，而她的秋色也一样让人难忘。虽然秋风萧瑟，但秋日里的江南流水多了一份清澈明净，柳条纵然不如春日里那么柔软，但多情的韵味却不减分毫，反而因为秋日的到来更添了几分难舍的情致。当水流从人们熟悉的阊门之前流过，那曾经看过无数别离的柳枝在秋风里缓慢摇曳，如今的它应该更能承受思念，也更能寄托诗人对江南的回忆吧。

◆ 苏州秋景

山寺月中寻桂子，郡亭枕上看潮头

江南是静谧的，在幽静的古寺幽篁深处，虫儿的轻轻鸣叫是江南的声音，在壮阔的钱塘江畔，从天际奔涌而来的潮头也是江南的声音。有时候，它用呢喃细语倾诉着缠绵；有时候，它又用歌咏唱颂着江南之美。静谧和壮阔在江南是如此和谐共存，让人游走在江南的每一步都充满了惊喜，让江南的每一个回忆都跌宕着、跳跃着。

◆ 于月圆之夜，感受江南别样的美。

🌸 小楼一夜听春雨，深巷明朝卖杏花

　　花船与小楼，深巷与杏花，是江南符号之中最能让人浮现遐想的。行走苏杭，街边巷口叫卖的茉莉花、白兰花、栀子花，芬芳着人们的鼻息，让无数人放慢了脚步。才子在这里驻足，观望着雨后江南的明丽，点染着江南风韵的浪漫。佳人也因这花香而驻足，勾起她的情思，持一枝杏花望向那桥头的身影，眼角是藏不住的爱意。江南，就在静默之中成就了无数才子佳人的遐思。

✥ 春雨中盛放的杏花

🌸 一川烟草，满城风絮，梅子黄时雨

　　明媚的江南是色彩斑斓的，而迷茫的江南则是满布着梅雨、荒草和风絮。6月中下旬，黄梅时节的细雨，淅淅沥沥地落下来，荒草在梅雨的浸染之下也不再那么青翠。美人走过了横塘路，背影早就已经不见了，一起带走的还有那美好的锦瑟年华，春天也就随她而去了。连日的阴雨潮湿，让人心绪烦躁，雨丝缠绵，如同纸笺上描摹不出的愁绪，书写的只有她走之后的哀怨。

✥ 雨后的西湖，宛若仙境，朦胧醉人。

上海市

- **简称**：沪
- **区域**：华东地区
- **古称**：申、扈渎等
- **文化特色**：
"海纳百川，兼容并蓄"的海派文化；明代时，上海已成为全国最大的棉纺织业中心；吴语上海话是上海文化的载体，是海派文化的重要根基。
- **上海特色曲艺**：独脚戏、浦东说书、沪剧等。

上海 流光溢彩

别云间

〔明〕夏完淳

三年羁旅客，今日又南冠。
无限山河泪，谁言天地宽。
已知泉路近，欲别故乡难。
毅魄归来日，灵旗空际看。

"软风一阵一阵地吹上人面……向西望，叫人猛一惊的，是高高地装在一所洋房顶上而且异常庞大的霓虹电管广告，射出火一样的赤光和青燐似的绿焰：Light, Heat, Power！"30年代的老上海，在茅盾先生的笔下，是如此洋气与充满活力。其实，最早追溯到唐朝，这里就已是名流富贾的聚集地，就算是普通人家，也多是衣食无忧的。孩子们多喜爱读书，讲求礼仪，民风可贵。因此当夏完淳热爱的云间（上海松江）失守之后，他的沉痛与辛酸，自然会力透纸背。

诗词里的上海

位于： 中国东部、长江入海口
古称： 申、扈渎等
谁还吟诵过上海：

松江县尹送图经,中有唐诗喜不胜。——宋 杨万里《读笠泽丛书三首（其二）》
已向闲中作地仙,更于醉里得天全。——宋 苏轼《李行中秀才醉眠亭三首（其一）》
苍涧苍根终郁郁,拂云归翼会冥冥。——宋 程俱《得赵叔问衢婺道中书作寄》
潦池剩欲开花径,傍舍先须作草堂。——宋 张元干《过云间黄用和新圃》

正是江南好风景

白天的上海清新、安静，适合人修身养性；夜晚的上海却是繁华的、疯狂的、可以尽情放纵的。

夜晚的外滩是上海最美丽的地方。在这里，你唯一能做的就是用心去感受外滩的夜色：它像是情人明亮的眼睛，多情而迷离；又像海上刮起的微风，清纯而柔和，一瞬间，令人怦然心动。

夜晚漫步于淮海路绚烂的灯光下，路上依然是匆匆来往的人群，依然能听见南腔北调在这里凝聚。远处的，近处的，所见之处都是明亮的灯火，红红绿绿，一如白日的生活。城中的人们早已习惯了这种夜晚的繁华与喧闹了吧，终于可以放下白日的伪装与繁忙，在夜色的掩护下，奔向自己一直想去的地方。于是，马路边，广场上，还有那些掩映在灯光后的店铺、商场，多了一群年轻的身影，到处充斥着久违的爽朗笑声，填充着上海的夜色。

> 夏完淳，明末诗人、民族英雄，祖籍浙江会稽。顺治二年（1645），夏完淳跟随其师其父于松江起兵，反清复明。兵败后，顺治四年（1647）遭到清廷逮捕，被解送南京。本诗就是作者在被送往南京前，临别松江时所作。

📍豫园

📍上海迪士尼

📍上海高架桥。

📍坐落在黄浦江畔的东方明珠是上海的标志性建筑之一。

不管你是漫步于繁华的淮海路，看着周围来来往往的人群，低头怀念着平淡而充实的过去，还是躲于街角的酒吧，或品着爽口的啤酒，或随着轻快的韵律尽情舞蹈，夜晚的上海都能带给你一种疯狂的情绪。尽管时光荏苒，老上海的空气中，依然飘荡着那首经典的老歌：夜上海，夜上海，你是个不夜城……但当一切沉淀在时光中，心灵随着转动的车轮，换了一个新天地，或许夜上海又将呈现出另一番流光溢彩的景象吧。

人在旅途

上海市市标

上海市市标是由市花白玉兰、沙船和螺旋桨三者组成的三角形图案，在1990年经由上海市人大常委会审议通过。三角图形似轮船的螺旋桨，象征着上海是一座不断前进的城市；图案中心扬帆出海的沙船，是上海港最古老的船舶，它象征着上海是一个历史悠久的港口城市，展示了灿烂辉煌的明天；沙船的背景是迎着早春盛开的白玉兰。

豫园：福禄玲珑

豫园位于繁华热闹的上海老城厢东北隅，是一座闻名中外的私人园林。豫园的主人是潘允端，上海人，明代时的四川布政使。为了让家中的双亲生活得愉悦，便在上海故居建造起一座园林。本着儒家"豫悦双亲，颐养天年"的思想，将此园命名为"豫园"。

因为抱有"福禄双全，颐养天年"的希望，所以豫园中亭、台、楼、阁、廊、檐、家具上，便都少不了"福""禄"的身影。那些代表"福"的蝙蝠或抱着圆润的寿桃，或展翅飞舞，好不热闹；而代表"禄"的仙兽鹿，在豫园的路上则随处可见。

悠悠碧水中的豫园九曲桥

豫园的景色也堪称一绝。豫园是明清园林的精华，其中廊檐回转，花草分割巧妙，具有一步一景的奇妙。其中最有特色的便是龙墙了。龙墙其实是豫园的围墙，因为分别雕着卧龙、穿云龙、双龙戏珠、睡龙，且五龙形态各异、栩栩如生地蜿蜒于白墙之上，故得名"龙墙"。或许它曾经一直是豫园显赫与富贵的象征吧，即便如今依然散发着雄霸一方的光彩。

正是江南好风景

龙墙

来到豫园，不能不看玉玲珑，玉玲珑并不是一块玉，而是一块秀气玲珑的太湖石。此石高约3米，宽约1.5米，厚约0.8米，是北宋徽宗年间的"花石纲"遗物。

相传玉玲珑刚刚被搬进潘家时，潘家只知此石珍贵，并不知其贵在何处，打算随便摆在园中一角。然而建造园林的老石匠却知道此石的奥妙。一日潘家来园中查看，恰逢老石匠在石底放了一炉香，只见此石孔孔洞洞顿时香烟缭绕，烟雾密布四周；而后，老石匠又从石顶倒下一壶水，只见此石顿时孔孔泉流，烟雾尽消。至此，潘家人才知此石如此之奇妙。

如今，几百年过去了，玉玲珑依旧静静地立于豫园之中，但又有多少人知道这段美妙而又有趣的故事呢？谁又曾想起它所经历的繁华与烟云呢？

豫园湖心亭局部

豫园玉玲珑

福建省

- **简称**：闽
- **省会**：福州
- **区域**：华东地区
- **文化特色**：

闽南文化、妈祖文化等地域文化独具魅力；以方言复杂著称，全国七大类汉语方言，福建就占了其五——闽方言、客方言、赣方言、吴方言和官话方言。

- **与福建有关的著名诗人**：朱熹、柳永、叶绍翁等。

武夷山 刚柔相济

武夷山

〔唐〕李商隐

只得流霞酒一杯，空中箫鼓几时回。
武夷洞里生毛竹，老尽曾孙更不来。

缥缈云际，有仙成名。你可知这神仙，也是个小肚鸡肠。武夷君是武夷山的山神，就连汉武帝都曾亲自上山祭拜过他。可是有个少年，偏偏对他不屑一顾，这让武夷君十分恼火，甚至迁怒到了武夷山百姓的身上。他在山间种出了有毒的毛竹，凡是来祭拜的乡民，只要碰到这种竹子就会生病。李商隐说，这样的神仙，还祭拜他做什么？神仙虽小气，山却极其包容。儒、释、道三教都在武夷山有着自己的庙宇和传说，这里还有近万个物种栖息，生机勃勃，令人流连忘返。

宋代理学家朱熹曾长期在武夷山生活、传经，教学的同时，更是深深地陷入对于这山的喜爱之中。翻过历史的篇章，看着面前的山峰，只有站在武夷山下，才能真正领略到那份隐匿已久的秀丽神奇。

在所有武夷山的景点中，虎啸岩与天游峰最具代表性。取名为"虎啸"，是因传说中此处常有猛虎出没且踞岩长啸。且不论传说是否属实，每当大风吹过，山吹树林时，树叶

诗词里的武夷山

位于：福建省西北部

别称：虎夷山

谁还吟诵过武夷山：

武夷无上路，毛径不通风。——唐 徐凝《武夷山仙城》

三十六奇峰，秋晴无纤云。——宋 陆游《游武夷山》

武夷山上有仙灵，山下寒流曲曲清。——宋 朱熹《九曲棹歌》

溪边奇茗冠天下，武夷仙人从古栽。——宋 范仲淹《武夷茶歌》

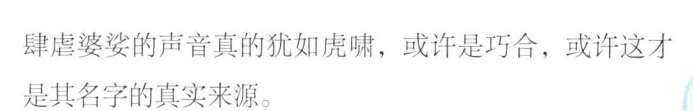

正是江南好风景

肆虐婆娑的声音真的犹如虎啸，或许是巧合，或许这才是其名字的真实来源。

登峰造极，遂来到天游峰。作为武夷山的名峰，天游峰自是格外雄伟壮观。如果说山中潺潺的流水散发着武夷山的柔美气息，那么天游峰的巍然之气便是武夷山的铮铮铁骨。

武夷山有一种精神，那精神中写满了刚柔相济。豪情中暗含着阴柔之气，柔美中透出一丝坚强，仿佛象征着一种精神境界，而当地的人们，似是传承了这样的精神，在山中一下下开凿，终于修成了一条直通峰顶的道路。

乘着竹筏静静地随波游走，沿九曲溪而下的时候，心情也会逐渐趋于透明。那澄明如镜的水，瞬间便化作绿色的绸缎，牵曳着小舟朝向最美好的景色前进。人坐筏上，可以闭上双眼，悉心聆听自然界的和弦，可以看水看山，与鸟儿快乐地攀谈……

美得刚毅，美得阴柔，这便是神奇的武夷山。人们

> 李商隐，字义山，晚唐著名诗人，与杜牧合称"小李杜"。李商隐因娶李党王茂元之女陷入"牛李党争"的旋涡而被排挤，一生困顿不得志。其诗歌风格鲜明独特，辞藻华丽，好用典故，有时生涩难懂。

📍 天游峰常年云雾缭绕，置身其中，仿佛置身仙境，如游天宫，故有"天游"之名。

皆流连于美丽的风景、宜人的秀色，更是在武夷山中迷失了来时的路。或许是因为，当身心被涤荡时，灵魂便也开始了一段崭新的旅程……

📍 于武夷山九曲溪乘竹筏漂流，别有意趣。

人在旅途

九曲溪

　　九曲溪是武夷山中一处颇为出名的景观。流入景区的河流在自然的作用下，形成了深切的河曲。这条溪流被誉为"武夷之魂"，因有三弯九曲之胜，故被称为"九曲溪"。九曲溪蜿蜒自如，从西向东，所经之处，晶莹剔透，佳境连连。

鼓浪屿 心灵栖息地

夏日过鼓浪屿，饮程玙嘉将军署中

〔明〕张煌言

入林偏爱晚凉生，灌木疏疏坠月明。

鹤梦到山原独醒，蝉声绕树有余清。

不堪归兴逢人急，真觉炎趋较世轻。

相对素心聊一醉，盘飧何用五侯鲭！

明末，民族英雄郑成功曾屯兵于鼓浪屿，日光岩上尚存水操台、石寨门故址。有人将鼓浪屿比作彩色的楼船，好像不知何时就会起航。这艘"楼船"，傲然屹立在汹涌波涛之间，浪漫又悲壮。海浪不断拍打着礁石，似鼓声般叮咚作响。在古寨门的巨石处，镌刻有郑成功五绝诗一首："礼乐衣冠第，文章孔孟家。南山开寿域，东海酿流霞。"于日光岩顶，放眼四顾，各色美景尽入眼底，应接不暇。

人心会在不经意间涌起一点点寂寞，于是便有了种种悲欢离合。当此处的空气不再清新，不如整理好行囊，将自己放逐到另一个地方。

碧海环抱间，鼓浪屿应运而生。鼓浪屿拥有濒临厦门的优越位置、迤逦的海岸线，海礁嶙峋的面孔被周围层峦叠翠的峰岩震慑得静谧，处处藏匿着安逸与闲适。

> 张煌言，浙江鄞县（今浙江宁波）人，字玄著，号苍水。南明弘光朝覆亡后，响应钱肃乐的号召，迎鲁王朱以海监国，与郑成功联手抗清。其诗作多写于战争时期，忧国忧民之情溢于行间。

正是江南好风景

诗意·鼓浪屿

位于： 福建省厦门岛西南隅

古称： 圆沙洲、圆洲仔、五龙屿

历史渊源：

早在3000多年前的新石器时代，鼓浪屿就已出现；"鼓浪屿：国际历史社区"于2017年被列入《世界遗产名录》，成为中国第52项世界遗产项目。

著名地标：

皓月园、毓园、鼓浪石、日光岩等，蔡元培曾在日光岩龙头山寨寨门遗址东北侧的岩石上题诗一首："叱咤天风镇海涛，指挥若定降云高。虫沙猿鹤有时尽，正气觥觥不可淘。"

日光之下，并无新事。鼓浪屿的日与夜不断交替，却在更迭之时演绎出一份恒久。画面中永远是大海与石桥，永远蔚蓝而通透。登上鼓浪屿的最高峰，眼前巨大而光秃的巨石充斥眼球。那，便是闻名遐迩的日光岩。站在日光岩上俯视，鼓浪屿的美丽被无限放大——一座如诗般秀丽的海岛，一幅不可多得的美丽画卷。

日出之时登顶，任凭海浪拍打岩石的声音调皮地钻进耳膜，任凭太阳从东方迅速地移动至高空带来一缕炙热。当第一缕阳光照射到日光岩上，心中顿时涌起一股奇妙的感觉，那感觉，融合了心旷神怡与豁然开朗，甚是奇特。

在日光岩的下方，菽庄花园如淑女般温柔地伫立。刚跨入大门，便与照壁逢个正着。紧接着，花园美景纷至沓来，池塘、假山、石桥、大海，相互映衬，相得益彰。不远处，孩子们爽朗的笑声随海风一同钻入耳朵，看着他们追逐嬉戏的身影，恍如回到童年时光。

📍 **日光岩**

📍 鼓浪屿岛上濒临灭绝的中华白海豚的塑像　　　📍 鼓浪屿夜景

在弯曲的临海石桥尽头，沿山而上，山腰正中，一座充满欧式风情的建筑巍然伫立。这便是著名的鼓浪屿钢琴博物馆。博物馆里，陈列着多架19世纪初遗留下来的各式钢琴。相传，鼓浪屿的海风曾滋润了这方土地，在这人杰地灵的地方，诞生了许多知名的钢琴演奏家。因此，这里又被冠以"乐岛"的美名。在鼓浪屿沿街而行，那窗子里传出的优美萨克斯风曲定能倾倒无数游人。

一切皆归于自然，让人心生感慨。有些心情，似乎是因为来到了陌生的地点才能体会得分外深刻。而鼓浪屿确实是一个不可多得的心灵栖息地。嘈杂隐匿了踪影，烦恼也躲藏起来，就在一片天蓝林翠间，你可以自由地奔跑与呼吸，自在地享受每一粒沙石、每一处恬淡。

人在旅途

古避暑洞

古避暑洞是鼓浪屿景区极具特色的山洞之一。洞中两旁支起从天而降的花岗岩巨石，给人以泰山压顶之感。而岩石上"古避暑洞"四个字由清末台湾文人施士洁亲题。石洞中明亮干燥，通风凉爽。

江西省

- **简称**：赣
- **省会**：南昌
- **区域**：华东地区
- **文化特色**：

江西是古代书院的起源地，位于江西省九江市庐山五老峰的白鹿洞书院，被誉为"海内第一书院"；景德镇的瓷器以"白如玉、明如镜、薄如纸、声如磬"的特色闻名中外。

- **与江西有关的著名诗人**：王安石、文天祥、欧阳修、晏几道、黄庭坚等。

庐山 云锁高峰水自流

题西林壁

〔宋〕苏轼

横看成岭侧成峰，远近高低各不同。
不识庐山真面目，只缘身在此山中。

当繁星垂落了美庐，锦绣叠成了群峰，三宝树下说起了西林壁，"横看成岭侧成峰，远近高低各不同"的庐山突然就成了人生画册中最多彩的那道剪影，挥不去、抹不掉、理不清、望不断。于是，虽然明知"不识庐山真面目"，却还是毅然决然地身入了此山中。原以为，一切都不过是东坡善意的欺骗，却不想，却相遇了一处云锁高峰水自流的烂漫桃花源。

相传古时，有位叫匡俗的先生在此结庐隐居，得道后羽化成仙，他所居之庐幻化成山，因此这座山被称为"庐山"或"匡庐山"。庐山自古便以雄、奇、险、秀闻名于世，巍峨挺拔的峰峦、泻玉喷雪的飞瀑、瞬息万变的云海造就了甲天下的"匡庐奇秀"。

庐山挺立于长江的南岸，位于鄱阳湖之畔，上接冥冥苍茫，下临九派山河，不论晴天还是雨天，不论冬季还是夏季，在重山叠嶂之中，总是缭绕着磅礴的云雾，山水的气魄全部包含其中。庐山，海拔1400多米，由成千上万

诗词里的庐山

位于：江西省北部

别称：匡山、匡庐

谁还吟诵过庐山：

飞流直下三千尺，疑是银河落九天。——唐 李白《望庐山瀑布》

索落庐山夜，风雪宿东林。——唐 白居易《宿东林寺》

香炉初上日，瀑水喷成虹。——唐 孟浩然《彭蠡湖中望庐山》

花映新林岸，云开瀑布泉。——唐 张继《江上送客游庐山》

正是江南好风景

的叠砂页岩构成，忽然在中部断裂，仿佛一道坚固的城垒，四壁陡峭而艰险，绝壁处瀑布飞泻，异常壮观。而这奇石间，却又植被茂盛，冬有温泉，夏有凉意，宛如一处神仙居所。

不止如此，庐山更是一座聚集了中国文化的名山。从"三皇五帝"时期的大禹登庐山开始，历代以来到庐山探索攀登的文人墨客、名士高僧数不胜数，关于庐山的诗词、书画也是不胜枚举。除此以外，庐山的石刻、建筑更是多得数不胜数。

✤ 西线：探寻历史的痕迹

进入庐山景区，沿着大林路一直步行，很快便会到达花径。相传花径是当时被贬为江州司马的白居易到庐山游览时，有感于山下桃花已谢，而山上桃花仍然盛开，于是题咏《大林寺桃花》的地方，所以花径又被称为"白司马花径"。

穿过花径、锦绣谷向南，便是庐山的必游地之一——仙人洞了。在佛手岩的遮盖下，一个巨洞敞开着，

> 苏轼，字子瞻，号东坡居士。元丰七年（1084），诗人离开黄州奉诏赴汝州就任，途经九江，与友人同游庐山，触景生情，写下了多首庐山游记诗。本诗为其中之一。

传说"八仙"中的吕洞宾便是在此地成仙。天晴之时的仙人洞并无什么奇异之处，奇就奇在阴雨密布、云雾缭绕之时，洞中仿佛立即有了"仙气"，竟会有丝丝寒凉之感。怪不得毛泽东会咏叹说："天生一个仙人洞，无限风光在险峰。"

仙人洞向南，穿过电站大坝前往乌龙潭，经过黄龙寺，沿着芦林大桥边的小路穿行，便会感受到庐山的古木之美。这是一条静谧的小路，行走在其上，仿佛周围除了古树再无其他，阳光只能透过密布的树叶缝隙隐隐渗透，如同置身于原始森林中一般，却不必担忧野兽的困扰。再往前不远，便到达西线最美的芦林湖了。群山环抱的芦林湖，天生一副娇艳的面孔，曾经是芦苇丛生、野兽出没的洼地，如今已经被改建为人工湖，成为芦林桥边最美的景致。它所积蓄的湖水，是庐山牯岭镇居民的饮用水来源。

东线：不识庐山真面目

沿着庐山植物园后的沥青路一直走，便会到达含鄱口。站在含鄱亭上，能够看到五老峰和汉阳峰，天气晴朗之时，更能够望到远方的鄱阳湖。含鄱口在平时并没有什么出奇之处，然而在清晨日出与黄昏日落之时，这里却是庐山观日的绝佳之地。清晨之时，鄱阳湖上呈现出一派迷蒙气象，天水不分，当一轮火红的鲜日涌现而出，照射在鄱阳湖面，顿时金光闪闪，道道射向天空，一瞬间，天、湖都变得赤色如丹，将半壁江山染成了鲜艳

📍 庐山龙首崖

📍 庐山芦林湖

湖水似发光的碧玉镶嵌在林荫秀谷之中，在缥缈的云烟衬托下，秀丽多姿。

的赤红色，宛如一幅美妙而壮丽的画卷。黄昏之时是另一种美的享受，西方山峰之间，云雾迷茫，落日颤颤巍巍地向下掉去，一幅雄伟壮观的山色图便被浓妆艳抹起来，苍茫之间，给人留下一幅绝笔画。

含鄱口正西，是庐山五老峰。五老峰的美，蕴含着庐山的真谛，甚至比庐山最高峰汉阳峰更为美妙，这一切都得益于它巧妙的结构和地理位置。五老峰为五个并列的山峰，因远远望去好像五位老者而得名，根部与鄱阳湖相连。鄱阳湖的水雾自东而来，遇到五老峰的阻隔，向上蒸腾，想要漫山峰而过，却停留在山脊之中。人

庐山松
庐山松坚韧不拔，傲然耸立，因漫长岁月的磨炼，而更加挺拔苍劲。

登庐山五老峰

〔唐〕李白

庐山东南五老峰，
青天削出金芙蓉。
九江秀色可揽结，
吾将此地巢云松。

走在五老峰的山脊之处，就会感到如在云中行走，漫步云端，水汽若隐若现，茫然四顾，恍然如梦。云雾中的山峰，秀美而又神秘万分，令人有在仙境畅游的感觉。苏轼大概正是因为这令人惊叹的云雾，才感叹"不识庐山真面目，只缘身在此山中"吧。漫步在山道上，云雾随手可触，随意变幻着姿态，有时分散成小雪团，有时变作棉花状，似乎一个不小心，就要乘着云、驾着雾飞下山去一般。

五老峰北部偏东，便是庐山最著名的景点三叠泉了。瀑水经过山间的三级峭壁，分三层飞泻而下，所以被称为三叠泉。三叠泉的落差共有155米，壮观之至，动人心弦，正是"上级如飘雪拖练，中级如碎玉摧冰，下级如玉龙走潭"。人们常见的飞瀑，不过只是一叠而已，如今三叠，胜上加胜。然而这样的景象，却隐藏在深山之中，令人难以发现，就算是曾在此处逗留许久的李白、朱熹等人都未能发现它，直到南宋绍熙二年（1191）才被揭开那羞涩的面纱，呈现在人们眼前。正因如此，人们才说"匡庐瀑布，首推三叠"，又有"不到三叠泉，不算庐山客"的说法。每到暮春、初夏多雨的时节，三叠泉更是如狂怒的暴龙一般，凌空而下，惊天动地，令人叹为观止。

❈ 雪中才见真庐山

庐山自古便有"匡庐奇秀甲天下"的美称，庐山的奇秀，不仅在于云雾缭绕的五老峰、飞瀑溅射的三叠泉，还有那冬日的雪中庐山。

人人都只道庐山的春、夏、秋，却不常提及庐山的冬韵之美。在初冬之际，瑞雪骤停，踏上这白茫茫的高山，便会真正感受到那如梦幻般的美景。冬日的庐山，不论清晨还是傍晚，不论正午还是夜晚，无不让人感到清新与美妙，纵使行进在山脚，即使一个在平日普通至极的景物，都会展现出它玉锁冰封的另一番面容来。

千古庐山，就是这样任性而骄傲。游庐山，不仅可以饱览庐山的无限风光，更能够在那里找寻到中国传统文化的精华。庐山的美景，赋予了庐山绝世的外表；而庐山的文化，却令庐山拥有了不朽的灵魂。

人在旅途

禹王崖

汉阳峰顶有一处悬崖形同靠椅，相传大禹治水时，就坐在这崖上俯视长江，考虑如何疏导九江，故称之为"禹王崖"。

雪覆含鄱口

滕王阁 西江第一楼

跟着诗词游中国

滕王阁诗

〔唐〕王勃

滕王高阁临江渚，佩玉鸣鸾罢歌舞。
画栋朝飞南浦云，珠帘暮卷西山雨。
闲云潭影日悠悠，物换星移几度秋。
阁中帝子今何在？槛外长江空自流。

落霞孤鹜，秋水长天。赣江汩汩，托出了滕王阁的拔地倚天；车马簇簇，映着它的金碧辉煌。贵人身上的玉佩叮当作响，醉而闭门，酣歌于室。"物换星移几度秋"，这一切，都已经成为过去。如今的滕王阁，早上几朵浮云悠闲地飘着，黄昏卷来西山的细雨，云的影子被大江拥入怀中，雨的身躯同珠帘纠缠，与其说是繁华逝去的凄凉，不如说是无事碍于心的平静。不必问曾经的滕王归于何处，只需看到眼前的江水日夜不息，生活便也如这江水一般，一直向前。

"滕阁秋风""赣江晓渡""龙沙夕照"均是江西著名的风景，其中"滕阁秋风"中的景物指的就是江南名楼滕王阁。滕王阁始建于唐永徽四年（653），是唐高祖之子李元婴任江南洪州都督时所建，后经唐、宋、元、明、清各朝，迄今已有1300余年的历史。

✦ 重修二十九，文章传锦绣

滕王阁自唐永徽四年（653）始建，屡建屡废，前后共达28次，第29次重建完

诗词里的滕王阁

位于： 江西省中部偏北
美称： "江南三大名楼"之首、"西江第一楼"
谁还吟诵过滕王阁：

滕王阁上唱伊州，二十年前向此游。——唐 李涉《重登滕王阁》
路人指点滕王阁，看送忠州白使君。——唐 白居易《钟陵饯送》
五云窗户瞰沧浪，犹带唐人翰墨香。——宋 文天祥《题滕王阁》
何处征帆木末去，有时野鸟沙边落。——宋 吴潜《满江红·豫章滕王阁》

正是江南好风景

工则是在1989年。现今的阁址，在南昌市沿江大道中段的赣江与抚河交汇合流之处，离唐时旧址仅百米之遥。据载，历代所修建的滕王阁大小规模不一，风格也不尽相同。

滕王阁的著名，与王勃所作的《滕王阁序》密不可分。"落霞与孤鹜齐飞，秋水共长天一色"，千百年来，为南昌平添了多少文采风流。

滕王阁不仅有王勃的"千古一序"，其后王绪的《滕王阁赋》、王仲舒的《滕王阁记》，虽然没有序篇那么著名，但是也让人击节称叹。"三王"的序、赋、记，不仅千古留名，更让滕王阁因文章而著名。唐代大文学家韩愈写了一篇《新修滕王阁记》，由此王勃、韩愈等人开创了"诗文传阁"的文学创作活动，后来，文人雅士登阁题诗作赋也便成为一种风雅的惯习。滕王阁也为不同时代、不同文学流派的文人雅士提供了以文会友、切磋文章的场所。真可谓序以阁流芳，阁因序传名。

> 王勃，字子安。唐高宗上元二年（675），诗人去交趾探父，途经南昌时，参加了都督阎伯屿因滕王阁重修落成而举办的宴会，即兴创作了《滕王阁序》，并附上《滕王阁诗》。

❀ 宋时雕梁栋，解绿结华装

1989年重阳节落成的滕王阁，主体建筑净高57.5

米，建筑面积为 13000 平方米。筑有园林式围墙，主体下部是象征古城墙的台座，高 12 米，分为两级。台座以上的主阁是"明三暗七"的格式，从外面看，是三层带回廊的建筑，进到内部却有七层——三个明层加上三个暗层，再加屋顶中放置设备的一层。新阁所采用的瓦件全部来自宜兴，为青碧色琉璃瓦，与唐宋时期的建筑风格相符。正脊鸱吻仿宋代的建制，高 3.5 米。勾头和滴水所用的瓦当也是特制的，勾头题"滕阁秋风"四个字，滴水采"孤鹜"的绘图。台座下面，是南北通透的两个人工湖，北面湖上，建了一座九曲风雨桥，九曲桥的设置既是为了通幽，又暗含风水。

主阁的色彩绚烂、鲜艳、华美。其梁枋彩画雕梁画栋，拥有无与伦比的美感。内部建筑以宋式彩画中的"碾玉装"为主，以"五彩遍装"及"解绿结华装"为辅。室内外斗拱用"解绿结华装"，基调是中国红，拱眼壁也如此绘制，底色用奶黄色。室内外的明间梁枋采用"碾玉装"的风格，各次间用"五彩遍装"，天花板每层的图案都不一样，深绿色的枝条，大红的井口线，十字口栀子花。椽子、望板均为大红色，柱子采用了传统的朱红色，门窗采用红木家具的色泽，室外栏杆油成了古铜色，这几种质朴又简单的色彩搭配，仿佛一下子把人带回到千年以前。

苏东坡手书的"滕王阁"横匾高悬于主阁前额，正门两边"落霞与孤鹜齐飞，秋水共长天一色"的巨联则是毛主席生前所书。进入滕王阁第一层的正厅，映入眼帘的是一幅表现王勃当年创作《滕王阁序》时的场景的大型汉白玉浮雕，

名为《时来风送滕王阁》，将那一段文坛的动人传说巧妙地与历史事实相融。第二层的正厅，将江西地区自秦至明的 80 位各具风骚的各界先贤，绘制在一幅大型的工笔重彩壁画上，名为《人杰图》。第四层的壁画与第二层的遥相对应，是表现江西山川精华的《地灵图》。人杰地灵以画的形式表现出来，令人啧啧称奇。第五层是凭栏观赏楼外风景的绝佳处。进入第五层的厅堂，即是苏东坡的手书，王勃的名作《滕王阁序》。

> **钟陵饯送**
> 〔唐〕白居易
> 翠幕红筵高在云，
> 歌钟一曲万家闻。
> 路人指点滕王阁，
> 看送忠州白使君。

从台座的第一层算起，最上面的第七层实际是第九层，所以内部大厅的匾上题着"九重天"三个字。大厅中央设有汉白玉围栏天井，向下能俯瞰第五层，天井上方有一个圆拱形的藻井，寓意天圆地方。此外楼顶的 24 组斗拱，由大到小排列，由下至上共有 12 层，呈螺旋形组合，意为 1 年中有 12 个月，分 24 个节气。楼顶内的斗拱采用了明清民间木作的处理手法。彩绘用五彩装，贴金沥粉，气势辉煌。最上端的彩绘，参照西安钟楼的古样式彩绘式样细细绘制而成。凝神望去，鳞次栉比，错落有致，意味深长。

几经重修的滕王阁，历经了历史的风云，尽管是重修，但是风骨和气韵均在，相信滕王阁不仅是一个实际的建筑，更会以一个文化概念中的存在继续传承下去。

📍 滕王阁主阁

安徽省

- **简称**：皖
- **省会**：合肥
- **区域**：华东地区
- **文化特色**：

中国五大戏曲剧种之一的黄梅戏发展壮大于此；理学的奠基人程颢、程颐和集大成者朱熹的祖籍均在安徽歙县篁墩，故篁墩有着"程朱阙里"之称。

- **与安徽有关的著名诗人**：梅尧臣、张籍等。

黄山 立于云天之间

夜泊黄山闻殷十四吴吟
〔唐〕李白

昨夜谁为吴会吟，风生万壑振空林。
龙惊不敢水中卧，猿啸时闻岩下音。
我宿黄山碧溪月，听之却罢松间琴。
朝来果是沧洲逸，酤酒醍盘饭霜栗。
半酣更发江海声，客愁顿向杯中失。

云海潋滟了奇松，一张来自黄山的信笺，拨动了无数人心中说走就走的琴弦。千年前，李白在风生万壑时，掬住了那一捧最宁远的碧溪月影、那一段最清幽的松间琴声。由是，长风几万里，江海为吴吟，千年后的你我，突然就有了迎客松下谈怪石、光明顶上泡温泉的冲动。黄山天下奇，最奇之处，大抵如是。

这是一座闻名全国的奇山，两亿年的漫漫时光雕琢了这座神奇大山不凡的神韵。谜一般的前世今生，赋予了它卓然超群的气势和风骨。奇松、怪石、瀑布、云海，它天生卓越的美貌和瞬息万变的气质，吸引了无数迁客骚人对它盛赞。

俗话说："五岳归来不看山，黄山归来不看岳。"黄

诗词里的黄山

位于：安徽省南部

古称：黟山

谁还吟诵过黄山：

黄山远隔秦树，紫禁斜通渭城。——唐 周贺《送李亿东归》

峭拔虽传三十六，参差何啻一千余。——唐 释岛云《望黄山诸峰》

半壁绛霞幽洞邃，一川寒雹古湫灵。——宋 吴黯《因公檄按游黄山》

嵩阳若与黄山并，犹欠灵砂一道泉。——宋 朱彦《游黄山》

正是江南好风景

山的神奇秀丽在许多人的口耳相传中已经蒙上了神秘的色彩。黄山位于安徽省黄山市境内，素来有"天下第一奇山"之美称，是"三山五岳"中"三山"之一，其奇松、怪石、云海、温泉更是成为黄山"四绝"。

说起黄山名称的由来，这座山在古时称为"黟山"，唐天宝六载（747），唐明皇根据轩辕黄帝曾在此"煮石炼丹、羽化成仙"的传说，才改名为黄山，即"黄帝之山"。也因为这个原因，黄山自古就是道教名山，道教遗迹众多。山中以道教命名的名胜有朱砂峰、炼丹峰、天都峰、轩辕峰、仙人峰、丹井、仙人晒靴石、仙女绣花石等。黄山赫赫有名的72峰，布局错落有致，天然巧成，其中，天都峰、莲花峰、光明顶为其三大主峰，海拔高度皆在1800米以上。

✷ 黄山四绝

在中国，只有具有气势的大山才能称之为"岳"。中国有"五岳"之说，而黄山却能集五岳的雄伟、险峻、烟云、飞瀑、峭石和清扬于一身，展现出它卓然的风姿。

> 李白，号青莲居士，祖籍陇西成纪（今甘肃秦安），世人又称谪仙、诗仙。一日，李白夜宿黄山，听到吴地的歌声，在喝酒助兴间，愁绪一扫而空，写下此诗。

79

黄山奇松

从古至今，无数诗词歌赋都没有停止过对它的偏爱，"黄山之奇，信在诸峰；诸峰之奇，信在松石；松石之奇，信在拙古；云雾之奇，信在铺海"。走进这座神秘的大山，横空峰峦、浩渺云烟、奔泻飞瀑、嶙峋巧石、奇特青松，无不展现着黄山的壮美风姿。

奇松。松是黄山最奇特的景观，百年以上的黄山松数以万计，它们大多生长在岩石缝隙中，盘根错节，傲然挺立，显示出极顽强的生命力。松不只为黄山披上了绿裳，还为黄山增加了一分灵动。最著名的黄山十大名松有：迎客松、竖琴松、送客松、麒麟松、探海松、蒲团松、黑虎松、接引松、龙爪松和连理松。玉屏峰东侧的迎客松更是成为黄山的象征，年年岁岁迎接着来自五湖四海的游客们。

怪石。黄山的怪石以奇取胜，以多著称。处处可以看到险峰林立，危崖突兀，山顶、山腰和山谷等处广泛分布着花岗岩石林和石柱，巧石怪岩犹如神工天成，

似人似物，似鸟似兽，情态各异，构成了一幅幅绝妙的天然山石画卷。其中有名可数的就有一百二十多处，著名的有"松鼠跳天都""猴子望太平"等。

云海。许多从黄山归来的游客都会对黄山的云海赞不绝口。"自古黄山云成海"，黄山是云雾之乡，以峰为体，以云为衣，其瑰丽多姿的"云海"因美、胜、奇、幻享誉古今。如果你在雨雪后初晴时登上黄山，或者在日出或日落时站在黄山顶上，你将看到最为壮观的"霞海"。怪石、奇松、峰林飘浮在云海中，忽隐忽现，置身其中，就犹如进入一个梦幻境地，飘飘欲仙，可以领略"海到无边天作岸，山登绝顶我为峰"的境界。

温泉。黄山"四绝"中还有一绝就是温泉，黄山温泉，古称"灵泉""汤泉""朱

81

黄山的松、石、云

黄山松自古以来就闻名于世。而那云雾笼罩中的青翠景象，更是如诗如画。

砂泉"，它由紫云峰下喷涌而出，和桃花峰隔溪相望，传说轩辕黄帝曾在此沐浴七七四十九日后返老还童，羽化升天。当然，那只是传说，但黄山的温泉中确是含有多种对人体有益的微量元素，水质纯正，温度适宜，可饮可浴。

天都之恋：无限风光在险峰

天都峰位于玉屏楼景区，可从山下乘玉屏索道至玉屏楼。闻名遐迩的迎客松就站立在玉屏楼一旁，伸展枝

黄山险峰

叶,热情欢迎纷至沓来的游客。天都峰位于玉屏楼南,在黄山三大主峰中最为奇险,风景也最为壮观。

从玉屏楼登天都,需要先下行一段,途经蓬莱三岛观景平台。所谓"蓬莱三岛",即三座参差不齐的小山峰,如剑如戟,直插入云。这里海拔接近1600米,山间时常云雾缭绕,三座山峰在云雾中幻若蓬莱,因此得名。

从天都峰脚至峰顶的爬山路径既高又陡,有的地方几乎直上直下,远看如一架云梯攀上云端,俗称"天梯"。因为石级太陡,沿途装有石柱铁索,游人手脚并用,拾级而上,状若登天。天梯虽险,但比起"鲫鱼背",则是小巫见大巫了。"鲫

跟着诗词游中国

> 黄山山峰壁立，似刀砍斧削。

> 黄山日出

鱼背"实则为一块大石，狭长而高，两侧是万丈深渊，中间最窄处仅容一人通过。在云海之中，大石中间隆起的地方如露出水面的鱼脊，故称"鲫鱼背"。虽说两旁有石柱和铁索保护，但要通过这万丈深渊之间仅1米宽的小路，着实令人胆寒。两旁云遮雾绕，深不见底，面前猎猎松风，吹动衣襟，游人走过这段路时都禁不住战战兢兢，手脚哆嗦。不过通过之后，则是另一番心境了。

征服天险登临山顶的那一刻，黄山雄奇的画卷骤然展开，心底荡漾的层云突然消散，与眼前这绮丽的画卷相比，来路上的艰难又算得了什么呢？放眼远眺，大大小小的山峰在云雾中若隐若现，有的似身材曼妙的少女，有的像含羞绽放的花朵，还有的冷峻傲岸如刀如剑，千峰竞秀，蔚为大观！烟云乍起时，游人披霞驭风，如入仙境；天高云淡时，松姿弄巧，巨石献奇。站在这高山之巅，不见飞鸟，不闻水声，耳边风声飒飒，眼前群峰环伺，这才是山高人为峰的境界！

❈ 不到光明顶，不见黄山景

玉屏楼被称为前山，而北海就是人们通常所说的后山。来这里主要是欣赏黄山的奇峰怪石的。景区里以峰为主体，汇集了石、松、坞、台、云等奇景，总能让你惊叹不已。主要景观有光明顶、飞来石、排云亭、狮子峰、清凉台、散花坞、梦笔生花、始信峰等。

说起光明顶，很多人自然就会联想到武侠小说《倚天屠龙记》中六大门派决战光明顶。然而，金大侠设计的光明顶在昆仑山，而不是黄山，至于昆仑山是否有另外一个光明顶，还有待考证。

黄山光明顶海拔1800多米，是黄山第二高峰，因其顶部高旷而平坦，日光充足，故名为光明顶。明代普门和尚曾在光明顶上建大悲院，现在其遗址上建有黄山气象站。

光明顶的西北方，有一突兀巨石，石高有12米，重有数百吨，名曰"飞来石"。1983年拍摄电视剧《红楼梦》时曾在此取景，伴随着委婉缠绵的红楼序曲，飞来石就这样走进了全国观众的视野。

排云亭位于飞来石以北，是西海观赏黄山巧石最理想的地方，所以有"巧石陈列馆"之称。左侧不远处的巧石，恰似一只靴子倒置于悬岩之上，故名"仙人晒靴"；右侧沟壑中竖立着一根石柱，有两块巧石，恰似两只古代仕女穿的绣花鞋。其他巧石还有"天女绣花""天女弹琴""天狗听琴""仙人踩高跷""武松打虎"等。游客们可以尽情发挥想象，感受大自然的神奇！

黄山绝顶题文殊院

〔清〕 魏源

峰奇石奇松更奇，
云飞水飞山亦飞。
华山忽向江南峙，
十丈花开一万围。

人在旅途

黄山旅游注意事项

1. 为保护黄山生态，天都峰与莲花峰轮流对游客开放，5年轮换一次。

2. 黄山景区范围大，提倡集体团队旅游，个人自助游览最好结伴而行。景区内未开发的地区，切不可随便进入，以免迷失方向。

九华山　莲花佛国

跟着诗词游中国

望九华赠青阳韦仲堪

〔唐〕李白

昔在九江上，遥望九华峰。

天河挂绿水，秀出九芙蓉。

我欲一挥手，谁人可相从？

君为东道主，于此卧云松。

李白对九华山情有独钟，前后三次前往，只是那时，它名为九子山。李白站在巍峨山峰，望着远处的层峦叠翠，观如九朵莲花的九峰，怀揣极大的浪漫，写下了"昔在九江上，遥望九华峰。天河挂绿水，秀出九芙蓉"。自此，九子山便成了九华山。莲花，是佛的象征。九朵莲花捧出的，必定是最大的慈悲。人类的一切苦厄，都能在这九华山的袅袅佛音中，得以解脱。

九华山是中国四大佛教名山之一。

诗词里的九华山

位于：安徽省南部

古称：陵阳山、九子山

谁还吟诵过九华山：

九华如剑插云霓，青霭连空望欲迷。——唐 柴夔《望九华山》

九华山，九华山，自是造化一尤物，焉能籍甚乎人间。——唐 刘禹锡《九华山歌》

好是雨余江上望，白云堆里泼浓蓝。——宋 潘阆《九华山》

峰回路转，云舒霞卷，了非人世。——宋 张孝祥《水龙吟·望九华山作》

正是江南好风景

九华山中，九峰如芙蓉，"芙蓉"中，古刹林立，肉身宝殿中，香烟缭绕，于是人们称它为"莲花佛国"。

九华山的中心，是九华街，寺庙也主要集中在这里。在九华山上众多的寺院中，化城寺是九华山历史最悠久的古寺，建于晋代。据说，这座寺院之所以叫"化城"是有来历的。在《妙法莲华经》中记载，有一个"导师"带领着一队人马去远地求取珍宝，由于道路艰险，疲惫不堪，人们心生怖畏，要打退堂鼓。带队的"导师"感到非常惋惜，便施神通力，在众人前方化现一城，让众人休息、冥想，"化城"由此而来。

沿九华街而上，九华山的美将一展眼前。溪水清澈，泉、池、潭、瀑众多，而群山掩映，险峰上峭壁怪石林立。峡谷、溪涧交织其间，流泉飞瀑，风光无限……

> 自唐玄宗天宝八载（749）至唐肃宗上元二年（761）的十二年间，李白受老友韦仲堪的邀请，多次至九华山游玩。期间李白曾多次作诗赠予好友，本诗便为其中一首。

跟着诗词游中国

西递与宏村 桃花源里人家

鱼亭驿

〔宋末元初〕方回

黟县鱼亭驿，东莱阁老诗。
雨晴云气敛，峰古石形奇，
老眼经题奖，高风费咏思。
只惭无密竹，不似绍兴时。

方回，当初明明是他高喊着誓死守卫大宋，转身也是他开了城门降了元军。做了元朝的官，又不知为何罢官出走。也罢，或许这些细枝末节，都是成全，成全了他回到安徽老家，写下那些无限风光，让后人看到了西递与宏村还算年轻时的模样。他说"峰古石形奇"，都是大自然的鬼斧神工。现在的西递与宏村，则是人工的水墨丹青——徽派建筑古老的神韵，就藏匿于青瓦白墙、山水古树间。看过这些，谁还能说建筑没有记忆？

西递和宏村曾是徽州两个名不见经传的小村落，却有着"桃花源里人家"的美誉。

穿过西递村村口的拱形门，远远眺去，高低不一却又紧密相连的房子，全是白墙青瓦马头墙，布局工整，结构精巧。明清时，西递村民大多是经商之家，家境殷实，因此修建的房屋也都很讲究。尽管如今这些屋檐与

◎ 西递

诗意·西递与宏村

位于：安徽省黟县东

地名由来：

西递是位于安徽省南部黟县东南西递镇的一个村庄，始建于宋哲宗元祐年间，因河水流经这里向西奔流而去，故称这里为"西川"。后因村西古有名为"铺递所"的驿站，故而得名"西递"，素有"桃花源里人家"之称。宏村位于安徽省南部，黄山脚下，保留有大量明清时期的历史建筑，始建于北宋政和三年，起初名为弘村，是汪氏家族的聚居地。清中期，村中进行大规模的兴建，为避乾隆帝"弘历"之讳，更名为"宏村"。

正是江南好风景

青灰色的墙壁，已经经历了百年的风雨，但在半晦半明的晨阳中，仿佛依然散发着明清的色彩。

西递人说"雨雪是金银"，因此家家户户都设有天井、亭阁、小池，让雨雪皆落在自家的庭院，所谓"肥水不流外人田"或许就是如此。随便推开老宅的门，天井、院落便展现在眼前，而宽敞的厅内陈设也一目了然。在西递的街口，还有一户人家的门口向后缩进了半米，门额上刻着"作退一步想"。据说，这是因为当年贪官污吏很多，主人为警示后人而作。这就是西递，尽管曾经辉煌，如今静寂，但那些静悄悄地散发生活气息的小院，依然述说着故事。岁月只是埋葬了过去的风华，却抹不去心中的记忆。

同为"画里乡村"，如果说西递给人的是一种厚重感，那么，宏村给人的则是一种灵秀的意境。远山在沉沉的雾霭中若隐若现，岸边的垂柳在轻轻的微风中

> 方回，字万里，号虚谷，徽州歙县人，宋末元初诗人、诗论家，于宋理宗景定三年（1262）时登第。方回为江西诗派的殿军人物，其诗作大都尖锐地揭露了当时的社会现实。

89

摇摆，三两只鸭游弋，四五片蝶纷飞，炊烟袅袅，燕舞莺啼，这是西递所没有的轻盈。

宏村的轻盈来源于萦绕在村里的水。村中心的水塘名为南沼，水源引自后山之泉，泉水流经各巷，在这个偏僻的小村落里形成了"小桥流水人家"的景色。或许正是山水的滋润，才让宏村的木雕如此精美。

行走于西递、宏村，始终有种莫名的感动，仿佛这里有一股地老天荒的气息，淘洗着人们心底的喧嚣与浮躁，它不断地提醒你，生命不是耗费和使用，而是享受……

正是江南好风景

📍宏村中的小桥。这里曾经是电影《卧虎藏龙》的拍摄地。

📍倒映在水中的古老民居

人在旅途

徽州民居

徽州建筑多为砖木结构的小楼，明代建筑以楼上宽敞为特征，而清代以后多为一厅堂两卧室的三间屋或一厅堂三卧室的四合屋，厅堂为明，卧室为暗。徽州建筑有一屋多进的特点。一般说来，一个家族住在同一宅子，而一家住一进。平日里，中门关闭，各家独户过日子，等到祭祀时，中门打开，族人都从大门进出，以祭奠先人。

广东省

- **简称**：粤
- **省会**：广州
- **区域**：华南地区
- **文化特色**：

广东主要有三大文化体系，分别是广府文化、潮汕文化、客家文化；拥有广州、潮州、佛山等8座国家历史文化名城。

- **广东古八贤**：东晋程旼，唐代韩愈、张九龄，北宋刘元城、狄青，南宋文天祥、蔡蒙吉，明末抗清名将陈子壮。

广州 扶摇直上的繁华

浣溪沙·咏橘
〔宋〕苏轼

菊暗荷枯一夜霜。新苞绿叶照林光。竹篱茅舍出青黄。香雾噀人惊半破，清泉流齿怯初尝。吴姬三日手犹香。

水上浮城，花开万里，烟火人间，老饕盛宴。广州，是色香味俱全的。百花的明媚，水色的风情，路上有爱美的姑娘，街头有舌尖上的狂欢。苏轼说，日啖荔枝三百颗，不辞长作岭南人。广州人用车前草煲猪小肚，绵茵陈煮鲫鱼，薄荷叶煮鸡蛋……上天把最好的美食天赋，都赐予了广州。

广州珠江日出

诗词里的广州

位于：广东省中南部

别称：羊城、花城、穗城

谁还吟诵过广州：

南溟天外合，北户日边开。——唐 宋之问《登粤王台》

海清无蜃气，彼固蓬莱宫。——宋 陈与义《登海山楼》

风波行险道，万里绝人烟。——宋 戴复古《广州所见》

榕树梢头访古台，下看碧海一琼杯。——宋 杨万里《三月晦日游越王台二首（其一）》

文化特色：广州是首批国家历史文化名城，广府文化的发祥地。

> 正是江南好风景

顾城有一句名诗："黑夜给了我黑色的眼睛，我却用它寻找光明。"这句经典的诗句，总是让人不由得想到广州。想象中，那城注定充满了无限繁华，起起落落间，人生，也涤荡得更为透彻。

乘着南下的火车，来到遥远的广州。在阳光斑驳的午后，透过茂密的树枝看光影摇晃，追忆着年少时逝去的青春，无限怀恋。那里有珠江、烈士陵园、中山纪念堂，还有三元里古庙。不经意间，便会与繁华擦肩而过，地铁站边，还会邂逅古老的祠堂。

从前的镇海楼，现在是广州博物馆所在地。当时珠江河道很宽，蔚为壮观，所以此楼称"镇海楼"，又称"望海楼"。镇海楼坐北朝南，因其为五层高楼，故又有"五层楼"之称，为清代羊城八景之一。在镇海楼前，历代碑刻伫

> 苏轼，"唐宋八大家"之一。本诗作于宋神宗元丰五年（1082），在番禺赴惠州的途中，诗人品尝新橘，感触颇深，遂写下此诗，借咏橘表达自己高洁的品性。

跟着诗词游中国

立其间，只是望上一望，已是满眼的沧桑，楼前西侧，12门古炮整齐划一，威严之气可见一斑。

广州是一座具有悠久文化的历史名城，南越王墓、南海神庙、陈家祠等文物古迹陈列其间。在时间的长河中，文物与城市共同成长，成为独特的岭南文化的见证。在广州，烈士陵园和纪念馆数不胜数。那里见证着城市曾经有过的艰难困苦和风雨飘摇，经历过战火纷飞的年代，

中山纪念堂是广州的标志性建筑。

目睹过那些举步维艰却笑容满溢的面庞。有一些人，曾经为了理想勇敢前进。烈士陵园中，空气清新异常，浓密的树荫下频频吹来清凉的风。看着花岗岩纪念碑，思绪被静静沉淀。触摸着石碑上的痕迹，想着当年的先驱曾经历过何等的艰难困苦，才换得今日的苦尽甘来。

从历史的尘埃中跳出，再来感受下今日的广州。

珠江夜游是由来已久、极具特色的游玩项目。"花城明珠"号豪华游轮已正式启航，该船长38米，宽11米，3层高。首层内设高级咖啡厅和舞池；上层为观光和餐饮大厅，可同时容纳200人就餐；二层为全敞开式观光平台，可容纳250名游客。船上安装了两个"空中玫瑰"激光探照灯，加上游船上的璀璨灯饰，游轮便成为名副其实的水上明珠，不仅为珠江增色，而且令游客可以尽情观赏广州灯火辉煌的美丽夜景，领略"珠水夜韵"的真实韵味。

"有容乃大"——这便是广州的写照。从古代到现代，从建筑到人群，落脚之处，总有那么一种"容"的精神在散发光芒，不然，那玉宇琼楼如何与高楼大厦交相辉映？那不同肤色的人群如何围成一桌吃着甜点？

人在旅途

粤剧

粤剧源自南戏，发源于佛山，又称"广东大戏"，流行于广东全省、广西壮族自治区南部和香港、澳门等地。粤剧的基本声腔为"梆簧"，并保留有弋阳腔与昆腔的部分曲牌以及南音、木鱼、板眼等广东民间说唱的曲调和民歌、乐曲、小调等民间小曲。

海南省

- 简称：琼
- 省会：海口
- 区域：华南地区
- 古称：珠崖、琼崖或琼州
- 文化特色：拥有唐代后帝王流放"逆臣"的南荒之地——崖州古城；拥有儋州调声、崖州民歌、琼剧等一系列国家级非物质文化遗产。
- 与海南有关的著名诗人：苏轼、李德裕等。

三亚 人间天堂

登崖州城作
〔唐〕李德裕

独上高楼望帝京，
鸟飞犹是半年程。
青山似欲留人住，
百匝千遭绕郡城。

三亚的旧模样，有些苍凉。它古名崖州，历来都是官员被贬受苦的地方。因此文人墨客提到它，无不灰心沮丧。金色沙滩，碧蓝海水，却让文人心里对京都的思念更甚。唐朝李德裕登上崖州的高楼，禁不住感慨，这周围的青山百转千回，是要把我围在崖州了。杨炎也曾说，崖州是个鬼门关。那时的他们怕是不会想到，如今的三亚，是多少人心中的天堂！

三亚是一个特别的地方，上帝把智慧赋予人类，而为了奖励人类的智慧，又把三亚从天堂转移到人间。虽是虚构出来的故事，却在不经意间流露出人们对于美丽三亚的无限憧憬。三亚是"人间天堂"，是"蜜月天堂"，是"旅行天堂"，在这个广阔的"天堂"里，人们的脚指头在银色细沙中快乐舞蹈。挽起裤管的那刻，恨不得立刻就跳进

诗词里的三亚

位于：海南省最南端

古称：崖州，别称鹿城

谁还吟诵过三亚：

崖州何处在，生度鬼门关。——唐 杨炎《流崖州至鬼门关作》

夜听猿啼孤树远，晓看朝上瘴烟斜。——宋 丁谓《有感》

崖州万里窜酷吏，湖南几时起卧龙？——宋 陆游《二月二十四日作》

天公见我流涎甚，遣向崖州吃荔枝。——宋 释德洪《初至崖州吃荔枝》

正是江南好风景

大海温柔的怀抱，与之热情相拥。

三亚是静谧的三亚，坐拥古镇，将古朴悠然糅进无限美好之中。在这里，每日都能与美景撞个满怀，鼻子总能嗅到一阵槟榔的气息。

三亚是随和的三亚，传说众多，却只是任海风徐徐地吹刮，给人们带来的是无尽的舒爽、无尽的清凉。

三亚是惬意的三亚，生活在这里的人们没有压力。渔船欢畅地行驶在河的中央，还没靠岸就已经传来小火炉中美味的鲜香……

> 唐宣宗大中元年（847），李德裕遭宰相白敏中等人陷害，连遭三次贬谪。大中三年（849），诗人抵达崖州。此时诗人虽已年过六旬，却仍心系国事，写下此诗。

🔵 蓝色的海岸带给了三亚许多财富。

97

📍 亚龙湾是度假的天堂，在这里能感受到无比的放松与闲适。

踩在金沙中一路前行，看着远处湛蓝的天空与海面深情凝视，一瞬间，不由得停下了脚步，生怕打扰了这份蜜意。

📍 亚龙湾湾内波平浪静，海水湛蓝澄澈，有"天下第一湾"之誉。

❀ 亚龙湾：执子之手

在素有"东方夏威夷"之称的海南，"湾如虹，白如雪，细如面"是对三亚亚龙湾最真实的写照。

阳光，椰树，碧海，白沙。在灿烂的阳光下，有一位身着一袭白纱的新娘，对着镜头灿烂地微笑，幸福的光环围绕周身，比海南炽烈的阳光还要耀眼。

蓝天为证，大海为凭，执子之手，与子偕老。似乎亚龙湾总是在成全关于爱情的、诚恳的誓言。天之涯,海之角,无数互诉衷肠的恋人将爱的承诺抛向美丽的三亚。在亚龙湾,我们一同回味爱情,找寻当年余温未了的表白。

夕阳西下,晚霞漆红了天空,流云一直烧到天空的尽头。白天的燥热散去,清凉的海风拂过脸庞,轻吻你的耳际,暧昧的气息瞬间弥散在整个亚龙湾。这个时候,侧躺在藤椅上,微闭双眸,任雪白的浪花拍打着沙滩向你告别,听海鸟一圈一圈在空中盘旋鸣叫。张开双臂,让大海洗涤内心的浮躁,勇敢地、轰轰烈烈地面向大海,高喊爱的誓言。不需要俗套的单膝下跪的礼仪,不需要泛滥的玫瑰,这就是最纯粹最浪漫的表白。

亚龙湾汇聚了世界上顶级的五星级酒店,不论是希尔顿还是丽思卡尔顿,都在这片美丽的海边,日复一日地微笑着,扮演着迎来送往的角色,将奢华演绎到极致。

夜晚的亚龙湾是享乐的天堂,酒店里是一派歌舞升平的繁华景象。海滩边热闹的烧烤店中,新鲜的海鲜散发着诱人的香味;一些游客将私家游艇开到海中央,享受着奢华夜晚……

亚龙湾是中国最美的海滩,不仅因为它的风光,还有它被赋予的爱情的含义。在亚龙湾,我们被热带的气息团团围绕,喝甜甜的椰汁,吹咸咸的海风——享乐无穷。

人在旅途

亚龙湾天然巨"佛"

在亚龙湾热带天堂森林公园中,一处特别的景观尤为突出。在主峰红霞岭的峰顶上有一组天然巨石,形象酷似端坐的弥勒佛,而其怀中的一棵歪脖子树如同龙头拐杖,整个形象栩栩如生。当地的村民将此供奉为山神,自古以来皆对此景顶礼膜拜,在此祈福求愿。

湖南省

- 简称：湘
- 省会：长沙
- 区域：华中地区
- 文化特色：

"淳朴重义""勇敢尚武""经世致用""自强不息"的湖湘文化；有湘剧、花鼓戏、祁剧等知名地方剧种；湖南方言包括湘方言、赣方言、客家方言等，湖南省是一个方言复杂的地区。

- 与湖南有关的著名诗人：欧阳询、周敦颐等。

洞庭湖　云转画屏猗青螺

望洞庭

〔唐〕刘禹锡

湖光秋月两相和，潭面无风镜未磨。
遥望洞庭山水翠，白银盘里一青螺。

一蓬烟雨，一首歌，一转身，一辈子。时光的断片里，江天暮雪、渔歌晚棹，星星点点的灯火，映红的只有游人的脸庞。袅着炊烟，"遥望洞庭山水翠"，一叶挺秀孤帆，湖光秋月两相和，粼粼的水波，悠悠的岁月，雁鸣啁啾、汴河唱晚，闻名天下的，不只是那沉吟汨罗的屈子，还有白银盘里那眷眷的青螺。

铺尽星河云梦转，波上长回日月天。八百里洞庭，千百年来，一直都是历史相框中的诗和远方。孟浩然赞它："气蒸云梦泽，波撼岳阳城"，虽气势磅礴无边，但是，其实这位于长江中游、荆江南岸的万顷碧波骨子里还是温柔的、缱绻的。它是中国第二大淡水湖，楚文化

📍傍晚，洞庭湖和美静谧，水波悠悠。一只正在捕鱼的鸬鹚，打破了湖面的宁静。

诗词里的洞庭湖

位于： 湖南省北部
古称： 云梦、云梦泽、九江、重湖等
谁还吟诵过洞庭湖：

昔闻洞庭水，今上岳阳楼。——唐 杜甫《登岳阳楼》
气蒸云梦泽，波撼岳阳城。——唐 孟浩然《望洞庭湖赠张丞相》
洞庭之东江水西，帘旌不动夕阳迟。——宋 陈与义《登岳阳楼（其一）》
且就洞庭赊月色，将船买酒白云边。——唐 李白《游洞庭五首（其二）》

正是江南好风景

的发祥地之一，孕育繁华无数，成就鱼米飘香，"洞庭熟，天下足"自来名不虚传。

洞庭湖到底年华几何，我们不得而知；只知道，在春秋的笔墨里，"指洞庭之山以名"的洞庭湖便已是极久远的存在。或许，它真的曾谒过神仙洞府，或许，黄帝对它而言都不过是过客，或许……

岁月流岚，洞庭的容颜不改，哪怕因为海陆变迁、围垦屯田等种种原因，旧日洞庭早被分割成东洞庭、南洞庭、西洞庭、大通湖、目平湖等诸多部分，但其古云梦泽的雍容、风华、大气、优雅却始终未减半分，甚至因岁月的沉淀、风雨的砥砺而愈发"朝晖夕阴，气象万千"。

❀ 江天衔远，楼上看青螺

洞庭天下水，岳阳天下楼。岳阳楼，是洞庭湖畔最雅秀恢宏的一道风景，也是洞庭湖最亮眼的一个地标。

> 本诗作于唐穆宗长庆四年（824），是刘禹锡赴和州刺史任，经洞庭湖时所作。彼时诗人被贬逐南荒，一次转任和州经过洞庭湖时，观望洞庭湖的景色写下了此诗。

101

数遭祝融之祸的岳阳楼，千年来，浮沉坎坷，却始终对洞庭湖一往情深。日日夜夜，朝朝暮暮，他都伫立在巴丘山畔高高的城墙上，看着她、守着她，陪她一起赏春花、看夏荷、聆秋风、摹冬雪。

这个世界上，再没有谁能比他更懂她了。由是，登临岳阳楼，所望的永远都是烟波连天暮、渔火贾客还、湖心生秋月、层涛熔万金的洞庭景致。然而，纵情深一往何如，襄王有心，神妃无梦，多少年了，洞庭的芳眸，凝注的，却从来都是君山的日暮。

君山，又名洞庭山、湘山，是洞庭湖上风光最明媚、闻名遐迩的一座小岛，尝以"奇、小、古、幽、巧"见盛，幅员近 1 平方千米，由大小 72 座山峰组成，古迹处处，四时如画。刘禹锡"遥望洞庭山水翠，白银盘里一青螺"之"青螺"形容的便是君山。

漫步君山，远迤洞庭，看白沙渔火、繁星白鹭、朝晖夕阴、云影春花、水天浩渺，恍惚之间，你我竟一同踏入了君山的梦境，那里，有着他和洞庭最动人最古老的回忆。黄昏残照，二妃墓前，折一段泪痕斑驳的湘妃竹；春雨霏霏，在"虾兵蟹将"的监视下，凭吊下柳毅井；彩霞弥天，同赴杨幺起义的水寨，敲响飞来钟；飞雪连竹，把臂同游秦始皇的封山印、汉武帝的射蛟台；倦了，累了，坐在翠盖如茵的小丘上，嗅着茶香，看层层铺叠如玉带迤逦远山的茶树漫卷向星辰万点……

冬季，成群的天鹅在洞庭湖上嬉戏。

君山的骨子里，徜徉的一直都是浪漫。大概，也正因为如此，在千年的爱情争夺战中，洞庭才会始终都舒蛾眉、挥广袖，笑语嫣然地站在他的身边，将他轻拥入怀吧。

汴河岁月长，湖畔巴陵殇

怀着满腔的不舍，挥挥手，作别君山，去洞庭湖畔寻寻古、探个幽，和汴河街聊聊天、到屈子祠瞻仰一番。

◉ 汴河街

汴河街，是岳阳楼前一条用青石绵延了千年沧桑的古街，街道不长，街畔全都是仿明清风格的老屋、店铺，青瓦白墙，画栋雕梁，鳞次栉比间，摇曳着古色古香。

阳光温暖的午后，随便找一间茶馆，品着洞庭最有名的春茶，看门外人流如织、熙熙攘攘，眸光流转，竟颇觉岁月安闲。夜色初临，到瞻岳门给岳阳楼画个剪影，待《隋唐英雄》开锣，一边吃着巴陵汤包，一边慢条斯理地往古戏台溜达，等到了，正赶上一出《秦叔宝卖马》，美滋滋地坐下，吹着凉风，再向洞庭湖借几许月色，悠悠然然，这种生活，怎一个惬意了得。

◉ 君山岛　　　　　　　　　　　　　◉ 洞庭湖上泛舟的渔夫

正是江南好风景

洞庭湖大桥

洞庭湖大桥位于烟波浩渺的洞庭湖与波涛汹涌的长江交汇处，大桥设计先进，造型美观，夜晚，景色更加迷人。

巴陵广场上的后羿射巴蛇雕塑

待借来的月色渐淡，小笼包也吃得差不多了，踏着阑珊的灯火，沿街徐行，不过五分钟，巴陵广场便已赫然在目。

巴陵广场，濒洞庭湖，衔岳阳之尾，是岳阳最气派的城市广场，也是洞庭湖的地标之一。

广场绿树红花，翠木扶疏，清新雅洁。广场中央，有一尊后羿射巴蛇的巨型雕塑，古朴厚重，令人震撼。相传，当年巴蛇荼毒天下，后羿奉命伏妖，开弓射巨蛇，积蛇骨成丘陵，就是如今的巴陵。

正是江南好风景

传说不可考,可伫立在广场9米高的观景石阶上,遥望洞庭湖,思接千古,望不断的月色湖光中,那源自远古的生命壮歌却似还伴着琴台悠扬的琴声不断地回荡……

除了巴陵广场、汴河街,婉转着洞庭无边风月的青山、秀水、古迹、遗址还有许多,如城陵矶、擂鼓台、南湖、龟山、三眼桥、白鹤山等,若得相遇,千万莫要错过。

且就月色探青螺,白云沽酒岳阳歌。相约江南,原便是一种美好;邂逅洞庭,泛舟渔烟,唱一曲千年的恋歌,更觉幸福满满。所以,还犹豫什么呢,来吧,把酒洞庭邀秋月,把汴河唱进歌中,将君山迤逦成诗,这才是人生最大的完满!

春寒
〔宋〕陈与义

二月巴陵日日风,
春寒未了怯园公。
海棠不惜胭脂色,
独立蒙蒙细雨中。

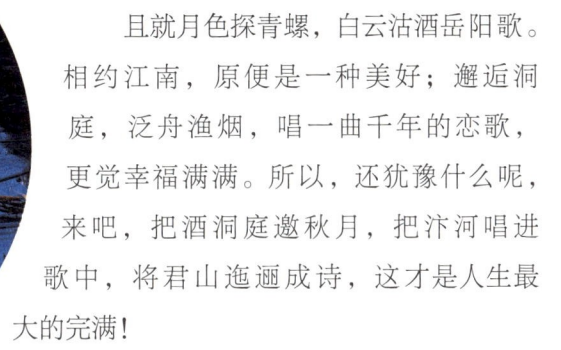

洞庭湖夜景

人在旅途

洞庭湖特产早知道

邂逅一个地方,走走停停,填满了记忆,最后,总要带回些什么留个念想。洞庭湖的特产有许多,洞庭春茶、君山银针、洞庭银鱼、河蚌、黄鳝、洞庭蟹、沅江芦笋、罗汉竹、湘莲子等,不一而足。其中,尤以被誉为"茶中奇观"的君山银针、珍贵罕见的洞庭银鱼最值得购买。

跟着诗词游中国

岳阳楼 天下第一楼

与夏十二登岳阳楼

〔唐〕李白

楼观岳阳尽，川迥洞庭开。
雁引愁心去，山衔好月来。
云间连下榻，天上接行杯。
醉后凉风起，吹人舞袖回。

岳阳楼的名气，来得惘然。唐宋文官，被贬一向多去西南，恰恰都是要路过岳阳楼的。他们的怅惘，在这恢宏的高楼面前尤为强烈，于是一下笔，写出的就是壮志未酬。那浩浩荡荡的江水，气象万千的盛景，在失意的人眼里，都是动荡不安的。倒是李白，他原本也是去往流放之地的途中经过岳阳楼，却正好遇上了大赦，心情畅快，挥手便赋予了岳阳楼久违的激昂，"雁引愁心去，山衔好月来"，洞庭湖的水，终于不再只泛着愁绪。

"洞庭天下水，岳阳天下楼。"作为中国四大名楼之一，亦是江南三大名楼之一的岳阳楼，千百年来一直是文人墨客流连之地。尤其是北宋范仲淹脍炙人口

> 本诗作于唐肃宗乾元二年（759），彼时李白被流放夜郎，次年春天遇赦，回到江陵，南游洞庭湖，登岳阳楼，极目远眺，诗兴大发，留下此佳作。

诗词里的岳阳楼

位于： 湖南省北部

美誉： 自古便有"洞庭天下水，岳阳天下楼"之说，"江南三大名楼""中国十大历史文化名楼"之一，世称"天下第一楼"。

谁还吟诵过岳阳楼：

欲为平生一散愁，洞庭湖上岳阳楼。——唐 李商隐《岳阳楼》

更欲登楼向西望，北风催上洞庭船。——唐 曹邺《旅次岳阳寄京中亲故》

岳阳楼上月，清赏浩无边。——宋 范仲淹《送韩渎殿院出守岳阳》

西风千里，送我今夜岳阳楼。——宋 张孝祥《水调歌头·过岳阳楼作》

正是江南好风景

的《岳阳楼记》，更使得岳阳楼著称于世。登临岳阳楼，畅览八百里洞庭的无限风光，体味文人墨客的千古情怀。

岳阳楼位于湖南省岳阳市西门城头，紧靠洞庭湖。它与湖北武汉黄鹤楼、江西南昌滕王阁并称为"江南三大名楼"。岳阳楼，始建于三国东吴时期，现存岳阳楼重建于清同治六年（1867）。

相传，岳阳楼的前身为三国时期东吴大将鲁肃的"阅军楼"，西晋南北朝时称"巴陵城楼"，中唐李白赋诗之后，始称"岳阳楼"。

岳阳楼的建筑构制独特，风格奇异。岳阳楼在建筑上的奇特之处在于它的"三层四柱"，仅靠四根大圆柱支撑，全楼纯

岳阳楼公园大门

大门上方匾额"巴陵胜状"，门两侧有一对楹联"洞庭天下水，岳阳天下楼"，是从明代诗人魏允贞的绝句中摘刊的，生动呈现了风光秀丽的洞庭水和千古名楼的景观。

跟着诗词游中国

木结构，没用一根铁钉。楼顶为层叠相衬的"如意斗拱"托举而成的盔顶式，据说这种拱而翘的古代将军头盔式的顶式结构在中国古代建筑史上是独一无二的。

　　自岳阳楼建成之后，千余年间，经历了无数风风雨雨。岳阳楼也在历史中屡毁屡建，几经风雨沧桑。其中，有史可查的修葺就多达 30 余次。每次重修后，"则层檐冰阁，炎颂于其上，文人才士登眺而徘徊"；圮毁之时，"则波巨浪，冲击于其下，迁客骚人矫首而太息"（清朝张德容《重修岳阳楼记》），至民国时，楼身早已破旧不堪。

　　新中国成立后，党和政府对岳阳楼的保护极为重视，曾多次拨款对岳阳楼进行修葺。此外，还修建了怀甫亭、碑廊，重建了三醉亭和仙梅亭等古迹。

　　1983 年，岳阳楼大修开始动工，一些已经腐朽的构件按原件复制更新。1984 年 5 月 1 日，岳阳楼大修完毕并对外开放。重修后的岳阳楼，保持了清朝原有的规模和结构，也保留了其原有的建筑艺术和历史风貌。其中，厅中的四根楠木大柱仍为旧楼原物，蹲在大柱下的还是宋代的四个大石墩，另外，楼底花岗石台基增高了 30 厘米，楼地面改铺古代青。

　　岳阳楼还保存了大量的历史文物以及一些文人墨客的留字，其中最为著名的

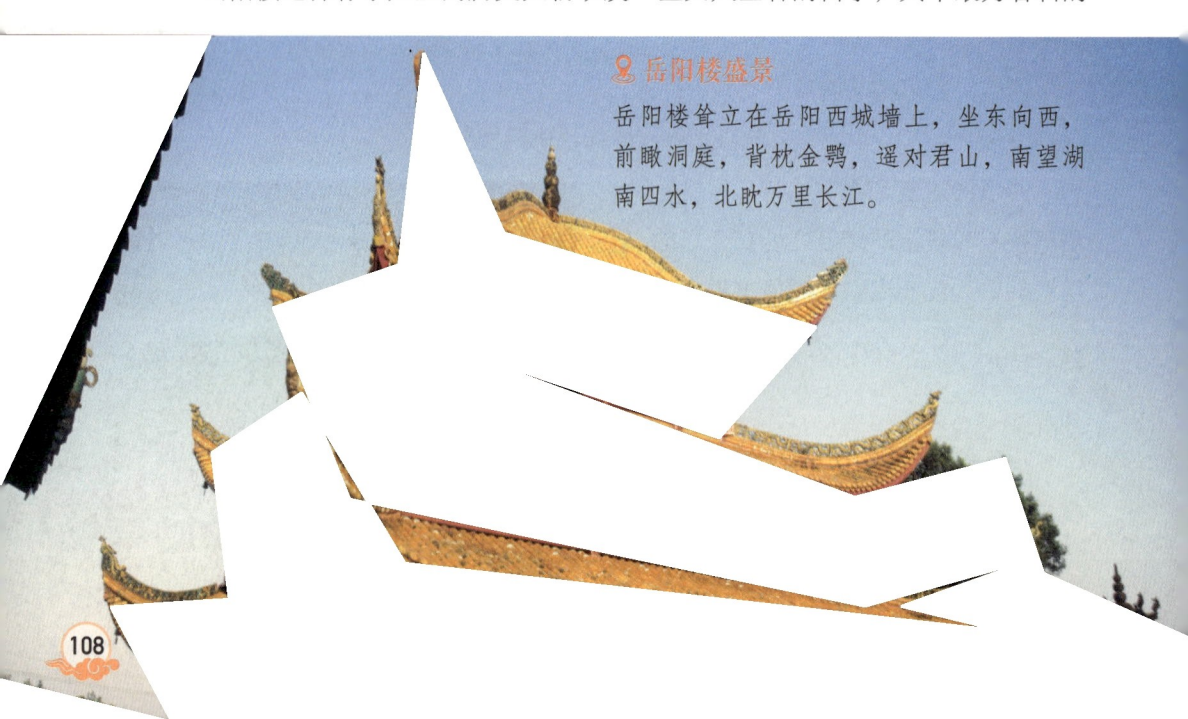

岳阳楼盛景

岳阳楼耸立在岳阳西城墙上，坐东向西，前瞰洞庭，背枕金鹗，遥对君山，南望湖南四水，北眈万里长江。

当数诗仙李白的对联"水天一色,风月无边",其次便是清代书法家张照书写的《岳阳楼记》雕屏。雕屏由12块巨大紫檀木拼成,其中文章、书法、刻工、木料全属珍品,人称"四绝"。楼中还藏有毛泽东书写的杜甫诗《登岳阳楼》,各楼层还悬挂着各种各样的匾额以及古今名家的楹联,其中有一副对联长达102字,上联为"一楼何奇?杜少陵五言绝唱,范希文两字关情,滕子京百废俱兴,吕纯阳三过必醉。诗耶?儒耶?吏耶?仙耶?前不见古人,使我怆然涕下!"下联为"诸君试看:洞庭湖南极潇湘,扬子江北通巫峡,巴陵山西来爽气,岳州城东道崖疆。潴者,流者,峙者,镇者,此中有真意,问谁领会得来?"

"南极潇湘"牌坊

登上巴陵古城墙后,可从"南极潇湘"牌坊穿过,其后便是江南三大名楼之冠的岳阳楼。岳阳楼高19.72米,宽17.24米,进深14.54米,占地240平方米。

此外,范仲淹所作《岳阳楼记》成为中国古代散文的经典之作。人们也因此把滕子京修楼、范仲淹作记、苏舜钦书丹、邵竦篆额称为"天下四绝",并为此树"四绝碑",四绝碑至今仍保存完好。

历史上无数人猜测,滕子京为何要不远万里邀请当时已经被贬到河南邓州戍边的范仲淹为岳阳楼作记?也许真的只因为"楼观非有文字称记者不为久,文字非出于雄才巨卿者不成著"。但是当范仲淹脍炙人口的《岳阳楼记》使得岳阳楼著称于世时,不管是机缘巧合也好,抑或胸有成竹也罢,人们都不得不佩服滕子京的远见卓识。

岳阳楼好似一位饱经沧桑的长者,不事张扬、处事低调,淡然地将自己的才华与智慧隐藏在洞庭湖的波澜不惊中。泛舟洞庭湖上,穿梭在氤氲薄雾中间,或撒网,或起鱼,重复着日复一日、年复一年的劳作。在船桨轻轻拨开水面时,文人墨客的历史情怀和渔人宁静豁达的心境,竟与这悠悠湖水渐渐融合。也许,这种宠辱不惊,才是岳阳楼的魅力所在!

跟着诗词游中国

大湘西 秀美如卷

即事

〔宋〕王安石

径暖草如积,山晴花更繁。
纵横一川水,高下数家村。
静憩鸡鸣午,荒寻犬吠昏。
归来向人说,疑是武陵源。

暮年的王安石,离开了庙堂高处,来到了江湖,从此多了许多闲情逸致。一个日暖花繁的午后,他闯入一个隐秘的小山村,里面只有依山而建的几户人家,远远传来了鸡鸣。在他想继续一探究竟之时,却遭遇了犬吠与暮烟。他想,这就是武陵源的桃花源吧!在文人反复的吟诵里,身处湘西(湖南西部地区)腹地的武陵源,便也成了一个神秘的乌托邦。也正是它的出现,再加上巫蛊传说、傩文化,才造就了湘西的野性与神秘,撩拨着人们按捺不住的好奇心。

沱江两岸,是有着百年历史的苗家吊脚楼。

诗词里的大湘西

位于：湖南省西部地区

所包括地区：大湘西包括张家界市、湘西自治州、怀化市以及邵阳市西部诸县（绥宁等）在内的整个湖南西部地区，武陵、雪峰两大山脉以及云贵高原环绕的广大地区。

谁还吟诵过大湘西：

居人共住武陵源，还从物外起田园。——唐 王维《桃源行》

功成拂衣去，归入武陵源。——唐 李白《登金陵冶城西北谢安墩》

欲访桃源入溪路，忽闻鸡犬使人疑。——唐 王昌龄《武陵开元观黄炼师院三首（其一）》

武陵川路狭，前棹入花林。——唐 孟浩然《武陵泛舟》

正是江南好风景

✹ 凤凰古城——璀璨的湘西明珠

据说，世界上有两个灾难深重却又顽强不屈的民族，他们的历史，几乎是由战争与迁徙来谱写的，那就是中国的苗族人和分散在世界各地的犹太人。聪明的苗族人，在凤凰扎下根，每日望着江中叠翠的南华山麓倒影，听着山间的暮鼓晨钟齐鸣，过着神仙般的日子。而凤凰这块山水灵地，也孕育着世世代代的苗族人。

沱江是凤凰的灵，它静静地将两岸的民居分开。碧绿的江水蜿蜒而去，沿着吊脚楼，流向虹桥。虹桥一如其名，犹如一弯长虹横跨在沱江之上。虹桥建于明洪武时期，是凤凰现存最大的古桥，如今也是凤凰最为繁华的地方。

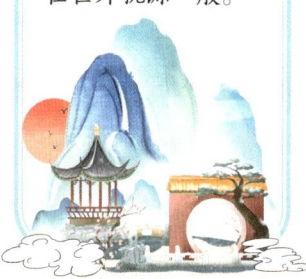

> 王安石，字介甫，号半山。本诗为王安石晚年离开政坛、退居江宁后所作。彼时诗人生活安逸，心境平和，悠然自得，漫步在山村之中，仿若身在世外桃源一般。

沱江吊脚楼以木柱为支撑，依山而建，傍水而眠。

正是江南好风景

在虹桥右侧百米之处,耸立着一座古意盎然的城楼,俗称"北门城楼"。如今这里熙熙攘攘,到处是摆着小摊的凤凰人,叫卖着凤凰的特产。沱江水,夹杂着各种各样的、带着浓浓湘音的叫卖声,让你切切实实感到,凤凰是一个烟火气息浓郁的小镇。

凤凰建筑中,最有风情的便是沱江边的吊脚楼。凤凰的吊脚楼有两种,一种是依山而建的吊脚楼,另一种就是依偎着沱江的临江吊脚楼。其中,临江吊脚楼最有风情,清澈的江水在脚下流过,青如罗带,给人一种奇妙而神奇的感觉。

近树掩映着远山,捣衣声响彻石桥,水车沉寂了几十年,小舟过处,粼波轻轻浅浅……生活在这里的人,童年在河水里嬉戏,老了在河边晒太阳,河水便串起了一生的记忆……

张家界——人间仙境

处处青山中,张家界悄然伫立。在48.1平方千米的范围内,大小2000多座山峰,几乎都是异峰突兀、拔地而起,四周似刀劈斧砍一般,尖锥形、柱状体,千峰争奇。步入群山之中,迷离的云雾和潮湿的空气扑面而来。

层层叠叠,郁郁葱葱,满眼都是拔地擎天、形态各异的"石笋"。张家界的

跟着诗词游中国

四处都竖立着奇峰怪石,有的像迎面扑来的"巨礁",有的像冲天跃起的"恶鲨",有的像秦明手中的"狼牙棒",有的像孙悟空索取的"定海神针"……时隐时现,扑朔迷离。

黄石寨是张家界美景最集中的地方,"天书宝匣""定海神针""南天一柱""雾海金龟"等,都是精美绝伦的景点。这里还有很多美丽的传说,听着,看着……人们便似乎进入了神奇的神话世界。

在黄石寨的摘星台,似乎真的可以伸手摘到天上的星星,伸出手臂,脑中浮出诗句——"不敢高声语,恐

张家界黄石寨"南天一柱"

114

惊天上人。"静静地站在摘星台上，闭上眼睛许个愿，感受心中的那种静谧，似乎真的就这样进入神仙的世界。

金鞭溪，是来张家界另一处必去的地方，因位于金鞭岩下而得名。金鞭岩是一座山峰，从山脚到岩顶，像刀劈出来的一般，由很多石柱样的山峰组成，其中一根石柱高悬如同一条耸立的金鞭，直冲云霄，据说这是秦始皇扔到这里的鞭子，非常壮观，满是阳刚之气。金鞭岩紧靠一座酷似雄鹰的巨峰，雄鹰凌空展翅，构成了"神鹰护金鞭"的神奇景色。

金鞭岩下，有一条美丽狭长的溪流，这就是金鞭溪。金鞭溪常年碧水长流不断，沿溪而进，溪边林荫路弯弯曲曲，两岸山峰林立，溪水清澈见底，溪中各色卵石闪亮，溪旁草木茂盛，构成了一幅绚丽多彩的画卷。

到张家界，一定不能错过的景致便是夫妻岩。传说，土家山寨有一对勤劳的夫妻，他们相亲相爱，终年在一起植树育林，造福世人。山妖嫉妒他们和睦恩爱，便施法把他俩分开。丈夫被打入黄龙洞水牢，妻子被投进锅场火炉。玉帝心生怜悯，便将二人点化在金鞭溪源头，使其化作夫妻岩，作为天下夫妻的榜样。

金鞭溪

遥望两座巨大的山峰，外形酷似一对夫妻，头挨着头，身靠着身，头发、鼻子、眼睛、嘴唇栩栩如生，就连眉毛和牙齿都能看得清清楚楚，男的英俊潇洒，女的眉清目秀。相传，但凡拜过夫妻岩，爱情都会得到庇护。

张家界，谁能想到，在一片山石林立间，竟有如此的温柔。这奇幻俊秀的地域，似乎得了苍天的特别恩宠，让人们在游历之时，不断慨叹，不停流连。即使在离去之后，依然在口中念念，在午夜梦回时，混淆了当下与曾经，再次迷蒙在它的美丽中……

湖北省

- 简称：鄂
- 省会：武汉
- 区域：华中地区
- 文化特色：

中国五大戏曲剧种之一的黄梅戏就起源于湖北黄梅；"东禅西道"的传统宗教文化格局；全省有武汉、荆州、襄阳、随州、钟祥5个中国历史文化名城。

- 与湖北有关的著名诗人：孟浩然、岑参、张继、杜审言、皮日休等。

黄鹤楼 白云千载空悠悠

黄鹤楼

〔唐〕崔颢

昔人已乘黄鹤去，此地空余黄鹤楼。
黄鹤一去不复返，白云千载空悠悠。
晴川历历汉阳树，芳草萋萋鹦鹉洲。
日暮乡关何处是？烟波江上使人愁。

翘角飞举，红砖碧瓦，雕梁画栋，振翅欲飞。一座高楼，像是长出了翅膀，试图随神仙而去。恰恰又临着长江，烟波浩渺，似在仙境，别有气势。人在黄鹤楼上，已不单单是游览胜景，仿佛跨坐在仙鹤背上，乘风归去，羽化登仙。这样治愈人心的景致，它的盛名，却偏偏是因崔颢吊古怀乡的愁绪而负。这也无可厚非，乡愁，又何尝不是一种别样的美？

江南三大名楼中，除了湖南的岳阳楼、江西的滕王阁，便是巍峨耸立在武汉市的黄鹤楼。一直以来，它被后世推崇为"天下绝景"。相传黄鹤楼本是为了军事而建，在时光长河的涤荡中，逐渐成了文人墨客的必游之地，引得他们留下多首脍炙人口的诗篇。

据《极恩录》的记载，传说中的黄鹤楼，本来是辛氏

诗词里的黄鹤楼

位于： 湖北武汉长江南岸的武昌蛇山之巅

美誉： "天下绝景""天下江山第一楼"

谁还吟诵过黄鹤楼：

城下沧江水，江边黄鹤楼。——唐 王维《送康太守》

不见黄鹤楼，寒沙雪相似。——唐 刘禹锡《出鄂州界怀表臣二首（其二）》

故人西辞黄鹤楼，烟花三月下扬州。——唐 李白《黄鹤楼送孟浩然之广陵》

却归来、再续汉阳游，骑黄鹤。——宋 岳飞《满江红·登黄鹤楼有感》

正是江南好风景

开的酒店。一个道士为了感激她的恩德，遂在临行之际提笔而画，在墙壁上绘了一只鹤，说这鹤能够翩翩起舞，让食客兴致勃勃，从此酒店生意兴隆，一下便过去10年。一天，道士再次来到这里，笛子吹响的刹那，道士也跨上黄鹤飞天而去。辛氏为了纪念道士，便将这里取名为"黄鹤楼"。

黄鹤楼景区中，穿过古乐宫后，拾级而上，到处是一片片葱茏的绿意。呼吸着清新的空气，人们遥望着频频出现于梦境中的黄鹤楼。

"月色无垠，江流有声"，在白云阁内的柱子上，八字映出，似乎古人在此望月，才留下这样的感慨。前行的途中，黄鹤楼的尊容逐渐浮出水面，那朦胧的轮廓，却难掩巍峨之气，夕阳下，美得一塌糊涂。

一楼的牌匾上，"帘卷乾坤"四个大字先声夺人。走进黄鹤楼内，不禁被那副对联所深深吸引："爽气西来，云雾扫开天地憾；大江东去，波涛洗净古今愁。"一番怆然，一番思古，掩面而思，这样的对联着实让人

> 崔颢，汴州（今河南开封）人，原籍博陵安平（今河北安平）。这是一首吊古怀乡的佳作，是诗人在登临黄鹤楼之时，触景生情，有感而作。

📍 今天的黄鹤楼已不是当年崔颢游览的黄鹤楼，因为它已几经翻新。

感慨万千。二楼楼内，字画对联佳作被展列其间。继续向上，四楼大厅的四壁挂着当代名家的作品，除此以外还有配备完善的文房四宝，为的是供游人抒发情感。

站在黄鹤楼的长廊上信步而游，感受远处长江大桥的凌人气势，却猛然发现那凌人之气不过是外在，是一种姿态，却不是内在的全部。

站在黄鹤楼之上，似乎是将视角重新打开，再次感知视线中的一切，感性不再隐隐作祟。一阵悠然的轻风拂面，清醒之余，仿佛领悟到人生的真谛，对于历史的评价、对于人世的评论、对于自身的探索，上升到新的一阶。

夕阳中，回眸凝望黄鹤楼，心中的感受不知该从何说起。黄鹤楼在那团橘红色的点缀中变得柔和，深深触动人们的心弦。

"昔人已乘黄鹤去，此地空余黄鹤楼。黄鹤一去不复返，白云千载空悠悠……"难怪，文人墨客会留下如是慨叹。

正是江南好风景

人在旅途

武汉三镇

武昌、汉阳、汉口被并称为"武汉三镇"。东汉末三国初，孙权为了与刘备夺荆州，便把都城从建业迁至鄂县，并更名为"武昌"。汉阳的名字源自古语中"水北为阳，山南为阳"，当时汉阳在汉江的北边，龟山的南边。而汉口，直到明代汉水改道，才独立发展起来。

武当山　胜境仙山

建中癸亥岁奉天除夜宿武当山北茅平村

〔唐〕戴叔伦

岁除日又暮，山险路仍新。驱传迷深谷，瞻星记北辰。
古亭聊假寐，中夜忽逢人。相问皆呜咽，伤心不待春。

万山丛中建古刹，绝壁之上有人烟。那个清君侧的朱棣，在北边为自己修建了庞大的皇权殿堂，紫禁城；又于南边盖起了自家的家庙，以神权来庇佑皇权的武当山。头顶蓝天，下有汉水，向下可俯瞰茫茫林海，抬头可观白云缭绕的山峰，俯仰之间，天地都尽在掌握，这是怎样的勃勃野心。也是奇妙，明明是带着强大的政治意图出生，武当山最终却成为修道人的洒脱之地。此种反差，分外吸引人。

武当山位于湖北省西北部，是著名的道教圣地。它"方圆八百里"，东接襄樊，西靠十堰，依着一片原始森林，傍着人工淡水湖。"亘古无双胜境，天下第一仙山"，人们对于武当山有着颇高的评价。这处著名的仙山福地，除了厚重的地气，更有着特殊的地理环境及天然优势。高险中透出挺拔巍然，幽深中

武当山太子坡

诗词里的武当山

位于：湖北省西北部
古称：太岳、太和山、仙室山
谁还吟诵过武当山：

岁除日又暮，山险路仍新。——唐 戴叔伦《建中癸亥岁奉天除夜宿武当山北茅平村》

混沌初分有此岩，此岩高耸太和山。——唐 吕洞宾《题太和山》

莫虑故乡陵谷变，武当依旧碧重重。——宋 范仲淹《和太傅邓公归游武当见寄》

太和绝顶化城似，玉虚仿佛秦阿房。——明 王世贞《武当歌》

正是江南好风景

流出溪水潺潺。那磅礴的气势，犹如飞龙在天；那娇羞的美丽，犹如仙女下凡。

太子坡，作为武当山的第一个景点，注定因其别样的气势而深入人心。这里又被称为"复真观"，是武当山主要的山道之一。相传，净乐国的太子15岁入山修道，便是住在这里。太子坡上的五云楼是一座5层楼高的建筑，巍然挺拔，1根木头支起12根横梁，是中国建筑史上的绝笔。

如果沿路而行，便是去往天柱峰的金殿。一路上，水声潺潺，鸟声幽幽，所见之处，皆是繁茂的景色，让人不由得神清气爽。

武当山的金殿又叫作"金顶"，位于主峰天柱峰之顶，建于明永乐十四年（1416）。它是中国现存最大的铜铸鎏金大殿，整个金殿异常开阔，面阔进深各三间。整个金殿为仿木构建筑，使用的是铜铸鎏金。放眼望去，重檐叠脊中显出气势恢宏，翼角飞翘似在炫耀无限神采。不知该用怎样的词汇来形容这金碧辉煌的殿堂，那精细

> 戴叔伦，唐代诗人，字幼公，（一作次公）。籍贯润州金坛（今江苏金坛），少时曾为萧颖士弟子。其诗以反映农村生活见长，或表现闲适生活，或描绘战争给人民带来的苦难。

跟着诗词游中国

的建筑工艺让人叹为观止，就连周围环绕的石雕栏杆都显出几分技艺的精湛。在金殿内，神像、供器同为铜铸。真武帝君供奉在正中央，尽显魁梧雄姿。这是武当山上现存的最唯美、最细腻的一尊真武神像，人们纷至沓来，最主要的原因就是为了一睹神像的容颜。

来到武当山，晨观日出，暮阅云海，人生最快乐的事情，也不过如此。武当，这名字犹如少年心中的一粒种子，在湿润的空气中便能穿透岩石，生根发芽；武当山，这刚毅与壮美结合得天衣无缝的名山，登顶一次，便永世难忘。

📍 武当山建筑群的建筑风格丰富多彩，是中国古代劳动人民在建筑史上的一个伟大创举。

📍 游客在武当山，总会感觉到一股侠气，也许是因为金庸小说的缘故。

东坡赤壁 江山如画，一时多少豪杰

正是江南好风景

念奴娇·赤壁怀古

〔宋〕苏轼

大江东去，浪淘尽、千古风流人物。故垒西边，人道是、三国周郎赤壁。乱石穿空，惊涛拍岸，卷起千堆雪。江山如画，一时多少豪杰。

遥想公瑾当年，小乔初嫁了，雄姿英发。羽扇纶巾，谈笑间、樯橹灰飞烟灭。故国神游，多情应笑我，早生华发。人生如梦，一樽还酹江月。

赤壁矶风起浪涌，问三国谁是枭雄？苏轼说，是周郎，周瑜，周公瑾。年轻的周瑜沉稳有为，神采飞扬，有江山在手，有美人于旁，可谓意气风发。看上去温润如玉，儒雅高贵，指挥作战又气概豪迈，有胆有谋。在苏轼的心中，周瑜是年少有为的代名词。他不禁设想，倘若自己身处三国的赤壁之战，会是何种情境？大概会因为多愁善感，早早就白了头发，遭人笑话。也不必多想，人生本就如梦一场，还不如手中的一杯酒来得实在。

东坡赤壁乃历代文人的聚集之地，素有"风景如画"之美誉。历经千年风霜，它依旧留存着东坡当年游玩此地的影子，赤壁矶之上至今仍保留着他的文字。

> 本诗作于诗人因"乌台诗案"被贬黄州期间。诗人在黄州城外的赤壁矶游玩时，触景生情，缅怀赤壁之战、赞美周瑜的同时也抒发了光阴虚掷的感慨。

跟着诗词游中国

看到红岩碑刻，任谁都会想一探苏东坡当年流连此处的足迹，领略一下一代文豪的文学风情。

🔅 亭阁相间堂塔叠

东坡赤壁位于黄州城西北部，是一个地处河畔的斜形山体，其中有岩石突出像墙壁，颜色为赭红色，故名赤壁。因苏东坡当年在黄州（今黄冈市黄州）任官时，常来此地游玩，并写下《赤壁赋》等千古名作而得名"东坡赤壁"。如今，赤壁山已被修建为一个文化区，形成一个赤壁公园。

赤壁公园主要由一堂、二阁、四亭所组成。其中一堂为二赋堂，始建于清康熙年间，因为塔内刻有苏轼的《前赤壁赋》和《后赤壁赋》而得名。二阁就是指留仙阁和碑阁了，留仙阁内有《东坡笠屐图》、20世纪60年代出土的苏轼乳母任采莲的墓碑以及一些其他的碑刻史料；碑阁是苏轼书法帖之大成之地，当中藏有苏轼手书石刻，最早是在清朝光绪年间开始篆刻，如今传颂的《景苏园》碑帖就是指苏轼在赤壁的碑帖合集。

四亭之一的酹江亭，位于二赋堂的西南处，亭内北墙上的《前赤壁赋》书帖乃为大书法家赵孟頫手书真迹，原名"御书亭"，同治年间重修时取苏东坡《念奴娇·赤壁怀古》词中"一尊还酹江月"一句，改为"酹江亭"。另外两亭则是充满故事的睡仙亭和放龟亭。睡仙亭，由北宋初年王禹偁承建，当时取名为"睡足堂"，灵感来自唐代诗人杜牧"平生睡足处，云梦泽南州"一句，并取句中"睡足"一词作为该堂的名字。后在清代同治七年重修时，正式改名为"睡仙亭"。亭内设有一张石床和一个石枕，相传这是苏东坡曾经和友人一同游赤壁时，醉倒后卧躺此地的休息

📍 留仙阁

诗词里的东坡赤壁

位于： 湖北省东部黄冈市黄州城西

古称： 赤鼻、赤鼻矶，又名黄州赤壁、文赤壁，俗称赤壁公园

谁还吟诵过东坡赤壁：

东风不与周郎便，铜雀春深锁二乔。——唐 杜牧《赤壁》

烈火张天照云海，周瑜于此破曹公。——唐 李白《赤壁歌送别》

望中矶岸赤，直下江涛白。——宋 辛弃疾《霜天晓角·赤壁》

至今图画见赤壁，仿佛烧房留余踪。——金 元好问《赤壁图》

正是江南好风景

之所。这个亭子的下方还有斗大的"赤壁"二字，此乃清代书法家钟谷所题，字迹雄浑有力，刚正不阿，为东坡赤壁增添了不少的雅趣。

放龟亭的由来则跟东晋大将毛戌有关。传说毛戌在驻守邾城时，他的仆人无意之中将他所买的白龟在此地放生，后来得到善报。明代嘉靖年间有位知府叫郭凤仪，他为了附会传说，于是在江边的石矶下凿铸了一尊白石龟，取名白龟渚，从此这个亭子就以放龟亭来命名了。由于这里是赤壁矶头，所以放龟亭亭下处处岩壁峭立，每当江水潮涨之时，就会出现"乱石穿空，惊涛拍岸，卷起千堆雪"的情景，这也是苏轼亲眼所见的赤壁景象。

东坡赤壁里的东坡祠

❀ 历数赤壁豪杰

正如苏轼在词中写道"大江东去，浪淘尽、千古风流人物。故垒西边，人道是、三国周郎赤壁"，这里所写的赤壁豪杰就是周瑜了。

周瑜是三国时期孙吴政权的名将，字公瑾，人称"美周郎"。苏轼在《念奴娇·赤壁怀古》中写到的赤壁之战，是历史上周瑜指挥的以少胜多的著名战役。曹操在

占据江陵之后，企图南下一举歼灭刘备和孙权。当时，刘琮已投降曹操，刘表一死，曹操就占据着绝对的优势。此刻，面临着曹军的威逼，孙刘结成联盟一起抵抗曹军，但是由于兵力悬殊，当时的孙吴政权内部发生分歧，有人主战，有人主和。而周瑜就是主战的一派，他仔细分析了当下的局势，谈到曹操几经大战，兵力有所耗损，而且刘琮新降的几万人军心并不全向曹操，再加上当时长江的气候，他认为可以抗战曹军并取得胜利。最终，周瑜以三万精兵，诱敌深入，将曹军打败，奠定了吴国在这个纷乱时期占据一席之地的基础。虽然在《三国演义》中，罗贯中将周瑜塑造成了一个处处与诸葛亮作对的心胸狭隘之人，但是历史上的周瑜确实是一个英勇智慧、有谋略、有胆识的英雄豪杰。

赤壁公园内四亭之一的问鹤亭

东坡游赤壁的故事

苏轼在宋朝为官，一生浮浮沉沉，几经贬谪，在面对王安石变法时，由于与王安石政见不同而被贬到了黄州。当时的黄州远离京城，属偏远之地。被贬后的苏轼，一边忙于当地的政务管理，一边寄情于山水。当他发现赤壁之时，便呼朋唤友前来赤壁游玩。

苏轼首次游赤壁是在夜里，是和道人杨世昌一同前去的。苏轼在自己的《赤壁赋》文中写道："壬戌之秋，七月既望，苏子与客泛舟游于赤壁之下。清风徐来，水波不兴。"这次夜游，让苏

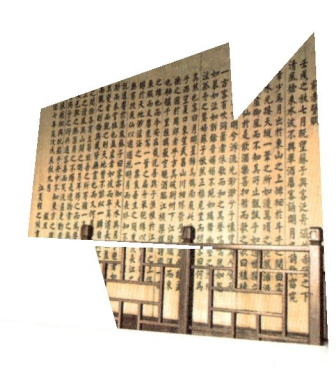

二赋堂

轼领略到了赤壁的静美，小船漂流在江面之上，月色皎洁，这时心中那些被贬的苦闷都烟消云散。于是苏轼情不自禁地唱起了歌曲："桂棹兮兰桨，击空明兮溯流光。渺渺兮予怀，望美人兮天一方。"此时远方有客，洞箫而和，竟似仙境。

当他再次游赤壁时，应眼前的情景，不由得想起了周瑜和曹操大战赤壁的历史，于是写下了悼古辞赋《赤壁赋》，继而又写出"大江东去，浪淘尽、千古风流人物。故垒西边，人道是、三国周郎赤壁。乱石穿空，惊涛拍岸，卷起千堆雪。江山如画，一时多少豪杰"的词句。在中国明代魏学洢的《核舟记》中，作者更是详细地介绍了苏轼同朋友一起游历赤壁的情形。这次同游赤壁的经历被善于雕刻的艺人王叔远刻成核舟，栩栩如生地再现了当时的情景。虽然历史上有名的赤壁之战的实际遗址不在黄州赤壁，但是也正是由于苏轼的这一阴差阳错的《赤壁怀古》，黄州赤壁才得以成名。而且，这是专为赤壁所作的诗词，风格豪迈，是苏轼诗词作品的代表作。

事实上，赤壁之战的古战场在湖北咸宁的赤壁市。不过，苏轼此时所表达的对于古人的怀念之情确是发自内心。当江水的涨涨落落不断地冲刷着历史的赤壁之城时，我们的记忆和情感不会随同这些文字一起被抹掉，反而会愈积淀，愈深沉。

正是江南好风景

赤壁公园内景

别具风味的湖北小吃

江汉平原，物产极为丰富，令人艳羡。而湖北作为一个千湖之省，更有着"鱼米之乡"的美誉。湖北菜有精致的一面，但除了鲜美的菜肴，小吃也成为湖北的另一道风景线。你可以没到过湖北，却不会没听说过鸭脖子；可以没来过武汉，却不会不知道热干面。吉庆街、江汉路上的一个个小吃店，就像点点鲜花，装点了一个美丽的湖北。

孝感麻糖——甜而不腻、薄如蝉翼

一说到湖北小吃，许多人第一个想到的便是那香甜可口的孝感麻糖。孝感麻糖口感酥脆，将芝麻的浓香、桂花的清淡和糯米的浓醇完美地结合在一起，入口即化，令人回味无穷。

闻名全国的孝感麻糖主要以糯米、芝麻和白糖为原料，经过纷繁复杂的制作环节，研磨烘烤而成。相传宋太祖赵匡胤吃了一口孝感麻糖便赞不绝口，于是这个民间小吃一时间"奇货可居"，变成了高价的皇家贡品。

孝感麻糖的制作工艺，听起来似乎很简单，事实上却十分繁杂。麻糖所用的芝麻一定要彻底去皮，这样做出来的麻糖才能香而不腻。而芝麻如何能彻底去皮呢？聪明的孝感人想出了一个法子：他们用水浸泡芝麻，芝麻遇水膨胀，稍加时日，表皮便会自动脱落。而麻糖所用的糯米粉也需要经过反复处理才能完全糖化并高度浓缩。直至今天，孝感人依然遵循着如此繁杂的工艺，把糯米和芝麻变成一块块美味的麻糖，将甘甜洒满各个角落。

孝感麻糖

黄石港饼——排来如山倒，行船似燕飞

🔸 黄石港饼

黄石港饼可谓是我国糕点的鼻祖。黄石港饼历史悠久，据说在三国时期，刘备前往东吴招亲时随身携带的"龙凤喜饼"就是采购于楚雄镇（即黄石）的港饼。文献记载"龙凤喜饼"直径大如碗口，金色的酥皮上面精致地刻画着龙凤呈祥的纹样，和今天的黄石港饼一样，"龙凤喜饼"由芝麻、香油、桂花糖等原料精制而成。

关于黄石港饼，还有一个传说。据说清朝同治年间，一位在江中行船的木排师傅载着渡船的人一路下行到黄石港附近，结果不承想水势极其凶猛，划木排的师傅无法控制行船速度，无奈之下撞上了前方的盐船。盐商不依不饶，两方的官司一直打到了京城。木排师傅作了一首诗："排来如山倒，行船似燕飞。鸣金三下响，为何燕不飞。"这首诗不知怎么传到了同治皇帝耳朵里，皇上听了觉得甚是在理，便判定木排师傅无罪。打赢官司的木排师傅感激不尽，有心相赠厚礼于皇上，怎奈何官司一路从黄石打到京城，早已经倾家荡产。无奈之下，囊中空空的木排师傅只好斗胆献上随身携带的黄石港饼。没想到同治皇帝吃了赞不绝口，欣喜之下赐名"如意饼"。

廖记棒棒鸡——人间难得几回尝

在湖北雅安，人们"好吃"的名声早已不是传闻。据说当地人在明末清初便已经擅长烹饪各种山中禽畜了。经过长期对于食材和佐料搭配的钻研，当地人烹制鸡

129

肉的技法在长江流域十分出众。其中最为著名的要数"廖记棒棒鸡"。这种鸡肉料理和美味的高汤搭配，佐以酸辣爽口的腌制青红椒，夏季冰镇后食用，简直要大叹"此鸡只应天上有，人间难得几回尝"！

鸭脖子——千年美味归于此

或许是因为池莉的《生活秀》，武汉的鸭脖子在前几年忽然之间红遍了全国，如今无论是在北京、内蒙古，还是福建、广东都能看到挂着"武汉鸭脖"招牌的店铺。武汉鸭脖子的品牌很多，每个品牌都有属于自己的故事和悠长意蕴。

相传春秋战国时期，楚王西征，途中烈日当头，人困马乏。行军的队伍来到一处湖畔，此处野鸭成群结队地在湖里嬉戏，景象蔚为壮观。楚王大悦，令将士们跳进水里将鸭子捉上岸来吃。然而一顿饱餐后，鸭子还剩了不少。恰好军中有个善于腌制美食的士兵，他将自己家传的秘方教与众人，制成美味的鸭脖，楚王和将士们尝了以后均赞不绝口。有了鸭脖这个"秘密武器"，楚军便愈战愈勇。若谁精

廖记棒棒鸡

切成段的鸭脖子

力不济或因伤寒而不适，吃了鸭脖便重又精神抖擞。楚王大悦，赐鸭脖为"精武"。自此，楚味"精武"鸭脖便在民间流传开来。

遗憾的是后来楚味鸭脖的秘方逐渐失传。千年后，汉口视美食如生命的汤腊九，誓要研制出鸭脖的秘方。他费尽心思，通读古籍，走访川鄂两地美食大家，数年之后终于做出了堪比当年楚军帐下的楚味鸭脖。其所制鸭脖风味绝佳，很快便在街坊四邻间流行起来。后来汤腊九的生意越做越大，从精武路开到了全中国。

鸭脖子

热干面——色香味俱佳

关于热干面的传说数不胜数，热干面也早已成为武汉人心中独有的家乡情怀。武汉人对于早点十分重视，他们会像过年一样去"过早"。一碗香浓美味的热干面，配上清甜的米酒，就是这座城市最温馨的早餐。如果你想了解热干面的美味，武汉永远会向你敞开怀抱。

热干面

中国香港特别行政区

- **简称**：港
- **美称**："东方之珠""美食天堂""购物天堂"
- **区域**：华南地区
- **文化特色**：香港推行"两文三语"语言政策，两文即中文和英文，三语即普通话、粤语和英语；粤剧是香港颇具代表性的传统表演艺术，如今已成为香港本地文化的重要印记，深受香港民众的喜爱。

香港 东方之珠

香港感怀十首（其九）

〔清〕黄遵宪

指北黄龙饮，从西天马来。
飞轮齐鼓浪，祝炮日鸣雷。
中外通喉舌，纵横积货财。
登高遥望海，大地故恢恢。

是花花世界，也是万家灯火，有流光溢彩的高楼大厦，也有平凡朴实的村屋。这里能嗅到最昂贵的资本气息，也吃得到街头一碗廉价的鱼蛋。你可以在繁华的街头提着奢侈品流连忘返，也可以去春秧街，穿着背心、趿拉板，和叫卖的商贩讨价还价。多元，是它的气质；包容，是它的魅力。可以声势浩大，也可以轻声细语，这就是，香港！

香港，人们每每提及都会无限感慨。感慨它的落寞、它的繁华、它的历史、它的人文……香江水载着陈年旧梦一同流走，香港岛，从此与九龙、新界一样成了上天的宠儿。

香港岛的景色之美远近闻名。首选的观赏位置，必然是太平山顶。乘上缆车，几分钟的光景，便来到山顶缆车的总站凌霄阁。这绝对是一次难忘的经历，沿途会与香港

诗意·香港

位于： 中国南部，南海之滨

别称： 香江、香海等

历史沿革：

先秦时期，包括香港在内的岭南便已为百越之地；秦王嬴政统一六国后，攻打岭南，将香港一带一并纳入其领土；东晋时期，香港隶属东莞郡宝安县；隋朝废东莞郡，宝安县便隶属广州府南海郡；宋元时期属江西行省；明朝万历年间，从东莞县划出部分地区成立了新安县，即后来的香港地区。

正是江南好风景

杜莎夫人蜡像馆和动感影厅意外邂逅，惊喜连连。凌霄阁一侧有一座名为"狮子亭"的观望台，从这里俯视整个香港岛，可以将不同姿态的秀丽景色尽收眼底。

白天的香港岛是绿色的香港岛，在一片碧色中舒展开来。夜晚的香港岛是迷人的，无论是维多利亚港的美丽还是汇丰银行的高大，总会让人觉得这片繁华中凝结了太多人的努力，所以更加值得珍惜。

香港岛的繁华有一半是源自这里的人文气息。从紫荆花的故事到香港20世纪八九十年代的辉煌，动作片、歌坛的领军人物频频亮相，让人们打开了视野，更加了解这个孕育独特文化的岛屿。

一直以来，这里都被誉为"购物天堂"，免税店多，名牌多，让购物者心驰神往。无论是中环的皇后像广场，还是金钟的太古广场，再或是铜锣湾的记利佐治街，所到之处，皆是数不尽的高级建筑，一片繁华之景。与此同时，铜锣湾的美食还能充分刺激人们的味蕾，在这里，吃东西并不仅仅是填饱肚子那么简单，更是一种享受。

> 黄遵宪，字公度，广东嘉应州（今广东梅州）人，别号东海公、布袋和尚。黄遵宪工于诗，其诗"诗之外有事，诗之中有人"，有"诗界革新导师"之称。

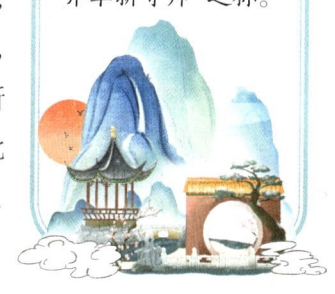

漫步于香港的街头，即便只是闲适地行走，也能感受到一种独特的氛围。那氛围来自街道上熙熙攘攘的人群，来自香港独特的文化底蕴。怀旧的建筑物，充满老香港味道的街衢，晨曦中显得分外醒目的维多利亚港，亦为这个繁华都市平添几分华彩。一沙一世界，一花一天堂，这话说的便是美丽的香港岛。

📍 香港高楼大厦林立，而这一座则鹤立鸡群。

夜色中，维多利亚港湾的美丽无与伦比。

人在旅途

深水湾

深水湾位于香港南区南岸的中部,是一个游泳海滩。位置在浅水湾的西北,南朗山之东,有颇多的高档住宅。因为水深,故被命名为"深水湾"。

中国澳门特别行政区

- 🌀 **简称**：澳
- 🌀 **区域**：华南地区
- 🌀 **文化特色**：

澳门独特的地理位置和历史背景，使其形成了以传统的中华文化为主、兼容葡萄牙文化的共融文化，呈现多元面貌，文化底蕴深厚。

- 🌀 **地名由来**：

澳门曾是个小渔村，本名为濠镜，因当时泊口可称为"澳"，所以称"澳门"。

澳门 清幽阡陌

澳中杂咏
〔清〕吴历

小西船到客先闻，就买胡椒闹夕曛。
十日纵横拥沙路，担夫黑白一群群。

澳门可以是海上仙山，神秘莫测，"万派波光一柱浮，巍然独立在中流。望来缥缈疑三岛，板去鸿蒙更十洲。"澳门也可以是人来人往，商贸繁荣，"担夫黑白一群群"。澳门可以是博彩场上的人心沉浮，也可以是街头巷尾阿伯手中一杯茶的闲适。或极致喧闹，或静谧非常，无论哪一种，都无疑是尘世人心中的世外桃源。

澳门自然风景优美，文物古迹众多，气候宜人，富有南国热带海滨风韵。同时，澳门又是东西方文化荟萃之地，历经几百年的发展，形成了今日澳门"中西结合、华洋共处"的社会面貌和城市结构。市区绿树成荫，现代化高楼大厦耸立其间，众多富有东方色彩的寺院庙宇，古色古香，香火不断。新建的混凝土大马路与原始的石板路、碎石路并存，具有文艺复兴时期建筑风格的天主教堂、欧洲中世纪古堡式的炮台散落在各个角落，寂静幽深，充满异国风情。澳门，作为东西方文明的交汇点，有着自己独一无二的风采。

诗意·澳门

位于：中国南海之滨，珠江口西侧

古称：濠江、镜海、濠镜澳、香山澳、莲岛等

美誉："东方蒙特卡洛""东方拉斯维加斯"

历史沿革：

早在几千年前的新石器时代，中华民族的祖先，已在澳门一带繁衍生息；自从秦帝国起就成为中国领土，属南海郡；自南宋开始，澳门属广东省广州市香山县；元代属广东道宣慰司广州路，路治广州；明代属于广州府；清朝后期前属广肇罗道广州府，道治肇庆，府治广州。

正是江南好风景

❀ 大三巴牌坊——最美的残缺

漫步于澳门的街市，身心都会感觉到从未有过的舒适。虽然四周景色随步伐流动，可是静谧却仿佛在它们身上贴了标签，一切都那么宁静，就连时间也是悄悄的，生怕惊扰了匆忙的人们。

如果留心观察，你会在漫步的时候偶遇各种各样的教堂与庙宇，在这些教堂中，要数名为"大三巴"的圣保禄教堂最为著名。这座教堂基本建成于1603年，曾是澳门最壮丽的一座教堂。然而作为当时的风景名胜，它不断遭受外来侵略，最终被一场大火烧毁，仅有残存的前壁作为人们回顾的平台。这平台，因形状酷似中国传统牌坊被称为"大三巴牌坊"。

高高矗立着的大三巴牌坊，犹如从战场中走出的士兵，经历一番枪林弹雨后，因体力不支而显得疲惫不堪。站在台阶上向上望，仿佛天空都因它而变得凝重。拾级

> 吴历，字渔山，号桃溪居士，琴棋书画，无一不精。吴历少时曾学诗于钱谦益，学画于王鉴、王时敏，后与王时敏、王鉴、王翚、王原祁、恽寿平合称"清六家"。

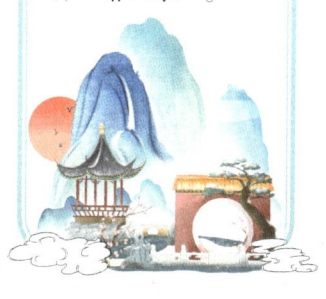

137

大三巴牌坊

而上，走到大三巴牌坊跟前，顿时觉得空气都变得庄严而肃穆。那个高大的牌坊，将前尘往事统统收纳，在我们面对它的瞬间，它再将那些往事一一吐露。残损的痕迹，便是让人凭吊的示意。而这座饱经沧桑的建筑，也有着它别具一格的魅力。

正是江南好风景

远近闻名的澳门威尼斯人度假酒店，极具意大利风情，令人流连忘返。

台湾省

- **简称**：台
- **省会**：台北
- **区域**：华东地区
- **文化特色**：

台湾文化以闽南人代表的闽南文化和客家人代表的客家文化为主，并融合了欧美与东亚流行的文化特色，是中华文化的重要组成部分。

- **新台湾八景**：

台北故宫博物院、台北101、日月潭、玉山、阿里山、高雄爱河、垦丁、太鲁阁峡谷。

台北 有梦的都市

复台

〔明〕郑成功

开辟荆榛逐荷夷，十年始克复先基。
田横尚有三千客，茹苦间关不忍离。

它离我们很近，又很遥远，但这不能阻挡我们对它的热爱。闻一多先生说它是东海捧出的一串珍珠，胸中还氤氲着郑氏的英魂。这段往事，不敢忘记。郑成功的父亲一声令下，抗击荷兰侵略者、收复台湾的号角就此吹响。经过九个月的浴血奋战，外敌最终被赶走，台湾也回到了母亲的怀抱。倾耳听，歌谣依旧动人，它在说："赐我个号令，我还能背水一战。母亲！我要回来，母亲！"

台北，藏了太多人的梦想。

在台大的椰林大道上漫步，到政大指南山下观鱼游，流连台师大夜市尝尽美味，静处辅仁大学的于公陵园缅怀沉思……学子们总是对未来充满希望与憧憬，而台北的诸多名校，是他们梦开始的地方。

台北有着摩登青年快节奏的时尚生活。忠孝东路上日系的少男少女，通宵营业的夜店，朝九晚五的生活，无一

诗意·台湾

位于： 中国东南沿海的大陆架上

古称： 夷洲、琉球、东番等

历史沿革：

早在三国时期，吴王孙权便已派兵到达夷洲（今台湾）；隋代隋炀帝也曾派人到台湾"访察异俗"；唐宋年间，部分沿海居民为躲避战乱纷纷迁至台湾；元代正式在澎湖设"巡检司"管辖；宋代至明代时，台湾（含澎湖列岛、钓鱼岛）归福建泉州管辖；明代郑和曾造访台湾；明末，殖民者侵占台湾，清代郑成功带兵驱逐荷兰殖民者，收复宝岛台湾。

正是江南好风景

不在彰显着台北现代都市的气息。置身其中，完全忘却自己处在何种时空，仿佛瞬间穿越到了未来。

台北有着音乐青年弦犹在耳的音乐生活。背着一把吉他闯荡台北，是罗大佑、李宗盛、伍佰等一个又一个教父级的音乐人梦想的开端。也许在未来的某一天，在茶餐厅中演绎民歌的女子，在地铁站6号出口随意卖唱的男生，也会在小巨蛋唱出震动世界的强音。

台北有着小资青年悠闲惬意的享乐生活。于诚品书店翻一翻张小娴的新书，看一场果陀剧场音乐剧的首演，听一听相声瓦舍的笑语，度过美好的一天。

"不到台北市，不知道台湾的繁华；而不到西门町，不知道台北的热闹。"西门町，是台北市西区最重要的消费商圈，这里的繁荣历史可以追溯到19世纪末。

1897年，占领台湾的日本殖民者在台北城西门外一片荒凉的草地上，效仿东京的浅草区，建起了一片娱乐区。台北座、荣座（现为新万国商场）、八角堂（现

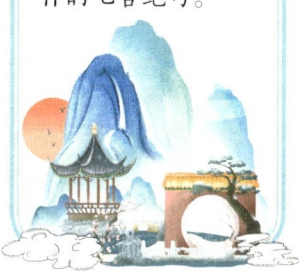

> 郑成功，初名森，字大木，福建泉州南安人，祖籍河南固始，明末清初军事家，抗清名将，民族英雄。《复台》是郑成功收复台湾后，在台湾所作的七言绝句。

为西门红楼）……一个个标志性的建筑出现在西门町。

20世纪30年代开始，西门町成了电影一条街，吸引着整个台北的人。那时，电影院一家接一家地开，"黄牛"屡禁不止。如今，从留存在街上的多家电影院，成百个放映厅，一年365天不间断的影展，仍可窥见当年的热闹。

俯瞰台北，101大楼是标志性的建筑。

西门町的夜市尤为繁荣。步行街上永远人潮拥挤，年轻而充满活力的俊男靓女，为这片夜市赋予了不一样的时尚气息。

人潮汹涌的都市中，总会遇到与你惺惺相惜的人，只要你肯用心去寻找。

跟着诗词游中国

正是江南好风景

选题策划：陈丽辉　　项目统筹：杨　静
特约审校：姜　通　　文图编辑：徐育岑
封面设计：罗　雷　　封面绘制：陆　媛
版式设计：张大伟　　美术编辑：刘晓东
文稿撰写：霍晨昕　郝娟菡　赵晓玉　移　然
图片提供：视觉中国、站酷海洛
　　　　　北京全景视觉图片有限公司